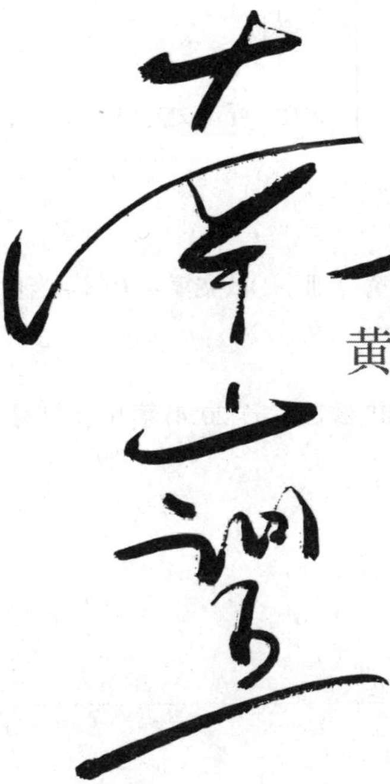

黄友生 著

天津出版传媒集团
百花文艺出版社

图书在版编目（CIP）数据

南山望 / 黄友生著 . -- 天津 : 百花文艺出版社 , 2024.3

ISBN 978-7-5306-8785-7

Ⅰ . ①南… Ⅱ . ①黄… Ⅲ . ①散文集－中国－当代 Ⅳ . ① I267

中国国家版本馆 CIP 数据核字 (2024) 第 047688 号

南山望
NANSHAN WANG
黄友生　著

出 版 人：薛印胜
责任编辑：郑　爽
装帧设计：悟阅文化
出版发行：百花文艺出版社
地址：天津市和平区西康路 35 号　邮编：300051
电话传真：+86-22-23332651（发行部）
+86-22-23332656（总编室）
+86-22-23332478（邮购部）
网址：http://www.baihuawenyi.com
印刷：三河市华东印刷有限公司
开本：880 毫米 ×1230 毫米　1/32
字数：156 千字
印张：7.5
版次：2024 年 3 月第 1 版
印次：2024 年 3 月第 1 次印刷
定价：69.00 元

如有印装质量问题，请与三河市华东印刷有限公司联系调换
地址：河北省三河市燕郊冶金路口南马起乏村西
电话：13933936006
邮编：065201

心中有光，向阳而生

——黄友生散文集《南山望》序言

◎ 徐云峰

不久前，从一段时间未联系的同窗好友黄友生处传来的一个消息着实让我大为惊喜——他的一部十多万字的散文集《南山望》完稿了！

在为友生发自肺腑的高兴之余，联想到他如何利用繁忙琐碎的工作间隙，放弃日常休息时间，为了心中的那份理想和执着“躲进小楼成一统，管他冬夏与春秋”，笔耕不辍，最终完成了《南山望》这部皇皇大作，心生敬意。友生他除了天赋异禀之外还务实进取，一旦认定的事不仅会落实到位，而且力争做到极致。

尽管工种不同，但我和友生的人生轨迹却有很多类似的地方。我们都是草根出生，父母都是农民，在乡村长大。初中毕业后进城读书，学校是当时溧阳的较好学府省溧中。高中毕业后大家都读了师范专业。我一直在学校教书，其间换了几个地方。而友生呢，用他自己的话来说是“本该做老师的，却一直未做”。友生在苏州大学政教系本科毕业之后，先在新闻单位工作二十多年，做过记者、编辑、电视新闻把关人、广播电视台和报社行政工作，现为溧阳市机关干部。

都说文如其人。仔细阅读一篇篇文章，友生可亲可爱的形象一点点地在我记忆的长河里浮现出来。学生时代的友生就非常优秀，给我印象深刻的就是他的责任心。那时省溧中一个年级只有四个班，学习相对宽松，周末也不用上课。同学们有的恋家，有的贪玩，周末他就坐在操场边，手捧书本冥思苦读。除了认真，友生待同学也很友爱，只要返家每次他都带来家乡的美食和同学分享。有一年中秋，我吃到了他从家里带来的五仁月饼，那是我吃过的味道最好的月饼了。

《南山望》这个集子共八个专辑、约五十篇文章，洋洋洒洒十多万字的随笔，写自己、写心理、写职场、写人生、写生命……多年文字、理论、行政的浸润，加上生活的磨砺以及哲思惯性和心理研习，见多了人生百态。笔下一事一思、一思一议皆成文章，并带着哲学的思辨，时而令人动容，时而使人警醒。

马未都老先生曾经说："科学之上是文学，文学之上是美学，美学之上是哲学，哲学之上是玄学。"友生大学专业学的是政治教育，当然包括哲学，他聪敏兼又好学。

友生天生是那种靠才华吃饭的人。他凭借自己的聪明才智加刻苦勤奋，做一行钻一行，自发自动自闪光。可以说《南山望》这部集子是友生对自己前半生做了次总结，也为人生的下半场做了个规划。这是历经半百人生后，生活回馈予他的一个丰厚的回报。

岁月缱绻，葳蕤生香。正如友生自己所说的，《南山望》这部集子的由来一方面是自我觉察、自我观照，另一方面也是对世事和生活的一次重新思考和打量。如果从他人生过往和心路历程的角度来考量,《南山望》当真无愧于一部心灵之作。就像一朵恣意生长在荒野的野菊花，虽然历经了风雨的洗礼，但只要花期一到，最终依然会绽放出属于自己的美丽花朵。

通过《南山望》这部集子，友生完成了一次心灵对话和长谈，同时也是对自己人生下半场的一次定位。既是结束，又是重新开启。随着这种形式的对话和长谈越来越多，他下半场的人生宽度和纬度也将更广更深，他的生命也注定因此愈加幸福而且充盈。

期待友生未来发表更多、更好的作品。

自 序

发乎心力，思想前行

法国哲学家帕斯卡说："人是一根会思考的芦苇。"

芦苇，自然界较脆弱的东西。既是芦苇当然脆弱渺小，但人之伟大因其思考，人之远行因其思想，人的全部尊严就在于思想。

我思故我在，自觉才觉他。

2021年10月我开始学习心理学课程，之后考上心理咨询师，铺设心灵渡口。2022年9月拙笔启舟船，苦心苦力摆渡精神彼岸。

梳理灵魂、着落思想、拾掇过往、凝望未来的心结心愿，驱使我发乎心力、思想前行，幻化笔墨文字，立论筑碑致敬人生上半场。

大漠高原，是独孤者远足的胜景。白天好好工作，早晚认真习作，节假日枯坐无休。一年辛苦，终成《南山望》。

写作之初，直至完稿，我不断问自己：年轻时愿写吗？能写吗？我明白无误听到内心的回答：不会，肤浅浮躁，执念执态，没这份清心静心、定心定力；不能，虽不乏笔力，但文字只是工具，匠人之器，没这点心力阅历、理性感悟，难以深挖内心、仰望苍穹、观瞻事理。不能自洽自悦，何以示人悦人?

一方面自我觉察自我观照，另一方面打量世事思量生活。

对浮躁的过滤、对潜意识的梳理、对幸福的承接、对读书的回归、对下半场的开启以及对人性的瞭望——“六个对”，我想，该是本书的心理依凭和拙笔动能。

外在世界的种种际遇，都和内心世界对应互动。我们是至暗与至明的共同体，暗影与光明交织在一起，逐光而行便光芒了自己、照亮了世界。

每个人都要面对自己。

这个自己，并非是活在今天或明天的自己，而是深藏内心的自己。清寂心灵便是坐禅，没有不适无以提高。于是，关于善恶、人格、焦虑、愤怒、责备、耐心、专注、恋爱、潜意识等话题，拙笔以诠释。康养躯体疏浚心理，是对自己最大的关怀最深的爱。

只是闹腾的日子，谁会拂拭厚积的心尘?

七年真是一个意蕴悠长的神奇循环，每个七年对应一个新的阶段。

大学毕业时感慨李白的豪情，吟诵“仰天大笑出门去”，告别美丽姑苏、韵致东吴园。半生沉浮，生命周期起伏交错，缓缓游走，定格平淡平凡岁月凝香。虽然不乏激情激越、灵动雀跃和灼灼，终未实现当年模糊青涩不切实际的心灵印记和精神图景。

一路汲汲，角色变化；人生游历，半百风华。好在仰天大笑风骨不倒，虽然低水平努力重复，好在每一段可圈可点，不失我心不负事尊。

一点文字功底为稻粱谋，于外界或是增色，于己却无多少增益，很是质疑李白“天生我材必有用”的千年宏愿。自助者天助，《南山望》拙笔淡出，似以另一种方式告诉自己：老天爷是公平的，生而为人，天生我材必有用！这个有用，不仅是狭隘的外求外用，更是人格隽永的内具内用内富足。满足欲望未必是幸福，实现外用未必是成功。聚足了精神，也就趋向了慧智、实现了内用、走向了幸福。

何谓幸福？痛苦的折光照见幸福。幸福就像雨后彩虹，没有乌云密布、雷电交加，何以凌空惊艳。即便窗口昏暗，始终不忘燃亮心灯，也就能心力接天。恒心专注的力量！

精神实质最终会将人意识中的无限潜能转变为现实。

一等人忠臣孝子，两件事读书耕田。

读书是和高纬度、生命深层的对话交游，本是一种生活方式和身心安放。少不更事，随波逐流，也曾怀疑读书之用。岁月澄明心性，方始懂得真理之风景：你之怪异谬论，只因读书太少。每因培训走进大学校园，倍感亲切美好，原来对学术思想的心往、对岁月蹉跎的悔意一直深埋心底。读书思考写作本是一体，而今因写作开启读书、因读书学会沉浸，心入的美好甘之如饴，真的感谢拙笔的开启。

承接幸福，透亮人生下半场，是一种心力，更是一份相信。

“人到五十，无须担心，你尚在绽放，并未到无花之时。”不仅思考“还能做什么”，更要探究“我是谁”。可找补遗憾以圆梦，可挖掘潜能着新色，还可拓宽视野逐星空，呈现新的可能、不一样的自己。五十岁以后，成为自己想要的样子，明媚馨香。

向善向美，人性之光辉。

人与人工智能的区别，在于是否有爱，爱无处不在。

职场是人生的修道场，与人性紧密相连。人性其实未必有多复杂，书读多了你会蓦然发现，人性也是共性相通，有规律可循。一切未动，只是心动，惹了尘埃，唤醒心魔，魑魅魍魉。

所以，王阳明说，心外无物。

万物相吸相斥，内外相牵相连。内在是外在的投射和吸引，又能动地影响和改变外在。秉持自己的信念而活，就能产生自尊自重与自制力，并且内心平和。

岁月凝香，悠然华章。

轻拢霞光，安然周详。

南山望，春风正澹荡，翠了霓裳。

故名《南山望》。

全书八个篇章、约五十篇拙作，写自己、写心理、写职场、写人生、写生命、写思想、写善美。思考随笔，人生笔随。

很幸运！人生半百后，遇见美丽的自己，那是对自己的接纳、肯定和欣赏。

2023年8月18日

目录

CONTENTS

第三章

石不能言最可人

第四章

人格债

第五章

酒的心理罪

第六章

心智慧而自庄严

第七章

恋之离殇，爱之濡沫

第八章

精神的舒展

第一章

南山望，翠了霓裳

南山望，翠了霓裳

夜半醒来，你可曾有过特别特别轻松，轻松得要哭的感觉?

犹记2020年某夜，酒后酣睡。

半夜起床，万籁俱静。酒未全消，半朦胧。

突然莫名感到很轻松。从头到脚，每一个细胞，完全放空，幸福感腾涌，无比舒坦，轻松得想哭。

多年前的梦境中。河面宽阔，机帆船头；张臂挺立，迎风飞驰；怡然舒畅，清风逍遥。

至今难念!

也无风雨也无晴，平淡的生活波澜不惊。空灵飘逸、突如其来的轻松喜乐，是上天的恩赐吗?

无法入睡，当即描述这份珍贵，写着改着。最后，定格为这样的文字——

岁月凝香，悠然华章。

轻拢霞光，安然周详。

南山望，春风正澹荡，翠了霓裳。

时光清浅，许你安然。

人啊，之所以认真，是因为坚持坚守，心存底气，怀揣锐气，相信美好，期待存续，希望隽永。

缘已尽，当风轻云淡，静默自守。

那些年的闲情，浮生几日，另种幸福。

终是虚幻，一瞬的价值，随风飘散。

随缘，心安自好。

你看那片祥云，在心底萌生，在长空绚丽！

文章一二，聊以自娱

贾平凹说，到了五十，人便是大人，寿便是大寿，可以当众说些大话了。

这两年，身心被引领，突突往前走，忍不住去学一些东西，想一些东西，写一些东西，难免会说话不太谦虚，好在站位、觉悟、框架、素质和基本功在那，不合适的话不会说。

感谢心灵指引。2021年10月，报了心理学课程，艰苦坚韧的学习模式开启。白天好好工作，早晚辛苦“搬砖”，每天五点三十分至六点必起床，七点三十分后洗漱上班，夜晚至十一二点。节假日弥足珍贵，全天看书。

冬日的清晨仍是漆黑的夜，星星点点几家窗口，闪烁的灯光把寒风温暖，那是邻家读书郎的希望和坚强，孩子们是辛苦的……春天总是早早到来，之后的清晨便有早起的鸟儿在呢喃。辛苦而美好，这便是生活。

这样的生活不觉得苦，精神振奋，很清醒，多年的健身夯实了体质。

终于高分通过。考试容易提升难，打通任督二脉永远在路上。

心理学家斯科特·派克说，心理问题人人都有，只是程度不同、敢不敢面对、能否勇于承认而已。康养躯体，疏浚心理，那是最大的关怀、最深的爱。

渐有所悟。心理学不仅是“术”，治愈的工具；更是“论”，联结宇宙、生命和潜意识，是生命伟力心理愿力的心灵哲学。

心存梦想。希冀将先前所学专业、目前所事工作、当下心理学内容关联打通，权当精进学养、培厚思想。于是，关于善恶、人格、焦虑、愤怒、责备、耐心、专注、恋爱、潜意识等话题，拙笔以诠释。

三十多年的思维思辨，养成政论化的认知习惯。注重内涵的清晰、外延的完整，偏好以三段论“是什么、为什么、怎么样”去架构演绎，说理偏多，语言较晦涩。

宁可和者寡，只与知音相交心。不喜选取横断面，停留表层，举点例子、讲点故事、盛点鸡汤，走大众化、通俗化路线。因知识半解、思维低矮，阅历浅显、心力不足，水准不高的文章影响了阅读的愉悦和效度，“小众化”便在情理之中了。

好在亲友高能友善，给我莫大的鼓舞：“能静心笔耕，很不容易……书没白读，活明白了……有的人只是写自己的小心情，而你引入心理学，便有了代入感，不同的人不同的感受……四十多岁写不出来，不到五十岁没这点感悟……很多事理都明白，只是不能很好地表达，现在你帮大家写出来了……”

人是需要被欣赏、被感动的，感谢大家！

"文章憎命达，魑魅喜人过"。年轻时对这句话印象深刻。农家子弟好不容易靠读书改变了命运，千万别因此而受损。所以一直不喜写作，闲暇也不动笔。写作只因工作，为稻粱谋。

造化弄人，文章于我却是上天的恩典。农人家境，为生计忙碌的父母自然没有时间，也不会过问我的学习。在他们的认知里，不愿读或读不下去，回来种田便是了，和绝大多数农家孩子一样。

或许老天眷顾，儿时的我另有特质，爱听故事、爱看小人书、爱听《岳飞传》《杨家将》。

为了让堂兄讲故事，为了向大孩子乞讨小人书，我没少讲软话，帮他们割猪草、干家务活，以至于常完不成割草任务，被父母数落却不敢说实情。用短树枝撑起篮底，垫高猪草蒙混过关也是常事。只是苦了我家的羊儿和兔子，害它们挨饿吃不饱。

痴迷听单田芳、刘兰芳的评书，夏天到校睡午觉常迟到。大汗淋漓狂奔到校，常被老师逮个正着，连同其他迟到的孩子，一起被罚。

我明白，那是老师爱才。全乡小学生作文竞赛《丰收的田野》，我喜获第一。班主任摇头晃脑朗读我的佳作，至动情处竟亲我一口。

这边爱来那边恨，莫名引来邻村大孩子的嫉妒。清明节去烈士陵园扫墓，回来的路上，他们截住了落单的我。或许是我惊恐的眼神感化了他们，最终放过了我。

"这孩子以后靠笔杆子吃饭。"村上老辈人说。

大学毕业本该当政治老师的，却不愿做，竟遂了心愿，做记者操起笔杆子营生。之后趋向行政，兜兜转转，还是拿起笔杆子。

无知必寡闻。当初断然不知“文章憎命达”另有深意：文必穷而后工。“盖文王拘而演《周易》；仲尼厄而作《春秋》；屈原放逐，乃赋《离骚》；左丘失明，厥有《国语》；孙子膑脚，《兵法》修列……此人皆意有所郁结，不得通其道，故述往事、思来者……”

心至苦，事至盛，文至盛也。人生困苦维艰，岁月涤荡磨难，撞击灵魂，启发宏愿，激活才情诗意，振发文章诗词。之于他们，世事已无他，天人合一息相通，潜心学问；气贯长虹问苍穹，探究根本。传世扛鼎之作，无不是灵魂的恢宏激荡、心力的天地遨游，不甘庸碌悠悠亘古。

文如其人，见其性，显其品。文作雍容华贵，其人多清贵；慷慨激越多悲歌，庸俗者庸俗，高尚者高尚；心胸豪迈，文章剑气飞雄。

曾国藩说：“为文全在气盛……文章之雄奇，其精处在行气。”古往今来，不可超越之雄文，具乎气也。气盛，文理舒达通畅，如御风而行，抑扬飘荡，全在节奏中。由字察人，可知其气势豪迈、为人大度与否。

功夫在诗外。将文章上升到哲学范畴，升华到武功层面去认识把握、解构锻造，凸显思路、格局和情怀，能力、能量和能动，定然意气贯通、文笔酣畅，无雕琢之苦，无堰塞之弊，是境界和功力。

错识，错想，错为。回望来路，外求有余、内定不足，浮躁飘忽、疏于深耕，以致外相未建树，潜能未挖掘，倒错倒挂未互促。

好在这几年安然笔耕，心智笔力增，也算是弥补。

平生多少事，终于一片心，无关人事；

文章千古事，却是心一片，臧否人事。

生命密码注定与文章有缘，随缘就势吧！

发乎心力，思想前行；文章一二，聊以自娱。

那些年的日记

光阴从指缝间流过，岁月在日子里消长，悄然而温暖，轻盈而坚实。烟火气里的喜乐吁叹、心底深处的浓淡况味，如影随形馨香瓣瓣，历历在目清新清晰。

静坐书房，翻阅厚厚的一沓日记，起伏的心潮将往事荡漾……

（一）

2013 年 12 月 4 日凌晨两点，莫名醒来，慵懒地看电视。受某节目内容启发，有了写日记的念头。于是，至今整整写了十年。

人生十年，特别是跨越中年奔向半百、勾画人生高线的十年，何等的胸廓翱翔、激越激荡！

人生本苦。外在的横亘、内心的撕咬，此刻的宁静、那厢的喧嚣，父母家庭、身体康养，事业前程、价值颜面，内心希冀、求索攀登，孩子成长、幸福翱翔……夜阑卧听风吹雨，云烟过眼入梦来。

人生亦福。你幸福的、曼妙的，憧憬的、奋斗的；你擅长的、笨拙的，相拥的、走丢的；你感恩的、郁结的，寡淡的、高光的；或物质或精神，或康健或病恹；或孤身孑影、踽踽独行，或合力合为、划桨开船……希声无形，云锦霓裳，织就过往序章。

一切慵懒始于无奈，一切无奈终会挣扎；一切挣扎源于希冀，一切希冀为了美好；一切美好定格为幸福。一切的一切，都需心力消解、肩扛脚量。生活虽无常，我们必须有期盼。直面人生，总有一些东西不可被击败；不确定的经纬，总能被创造联结。

未被记录的历史，波澜不惊，常被遗忘；诉诸文字，历史便有了万千景象、壮阔波澜。生活何尝不是如此？不经意的日子，云淡风轻，飘过略过，没有多少心迹的影子；有了日记的印刻，便累积了悲喜、记录了明暗、圈点了阴晴，泼墨着色般凸显，暗香浮动般扩散。

馨香文字也是愁，百感交集在心头。

从这个意义上，日记是功，也是债。漫漫心路，曼曼的爱，蔓蔓的债。

（二）

心境有所皈依、心情能被收纳、生活得以梳理、心灵予以妥帖，我想，这便是日记的心理由来。一骑绝尘、呼啸忙碌、腾涌奔流的日子，是没有多少闲情逸致来拾掇过往的，既没这个闲暇，也没这份心境。

所谓日记，是心灵的对话、心绪的共情、负压的释放、思想的积淀。就像黛玉葬花，深埋负面的心境，捋直抹平温馨，轻松再出发，花谢花又开。

十年间，我在工作上有三次变动。有踔厉奋发、创新创造、思想高光，枝头硕果满目春；有超然超脱、隐忍自强，向光而行不断提升。圈守利益、固守已有，人性使然。其实工作很简单，表面问题并不难，难的是均衡把控背后的东西，如心理、利益、秩序、动能、旨归等。

那年 9 月，职业转型。去新单位报到的当晚，原先的老同事、老朋友唤我去赏昙花。七朵昙花盛大开放，一叶双花更难得。朋友戏说那天的花是为我开的。我明白，那是心心相容的温暖和祝福。

那些年，一颗浮躁不安分的心，也曾激情希冀、搏动升华。经历了一些事、历经了一些人，方知自己没有想象的那么强大、没有期盼的那样好，脱离了初点，达不到高点，静默在中间。

任何人都是自己认知范围、资源范围、际遇范围、路径范围、平台范围的产物，所谓环境的产物。正确的努力，是春光春色锦上花，娇美娇艳更骄人；错误的努力，一场自我感动罢了，些许量变而已。

巧合也罢，机缘也罢，回望来路，人生是否存有定数？冥冥中恰是预设预排，好像早就在某个地点、某个节点守望迎接你的到来。一切都是最好的安排，尊重外界客观，作好内在主观，呈现的结果是你最好的礼物。

人是有位置的，选对了自己的位置，你便是自己的王，相衬顺遂，安康吉祥。半生兜转，才发现：内心宁静，原来是人生最大的幸福。

修心自尊、精致品位，也便有了日记的念头和开启。

从这个意义上，日记是对生命的尊重、对灵魂的抚慰。

（三）

儿时生活真苦。农村因贫无力就医，贫苦与多病是紧密相连的。苦水里浸大的父母本就体弱，加上劳动不息、辛苦不已，经常生病。那些年常带着他们去医院，往返医院竟成常态，我苦笑哀叹，日记里便多了风尘仆仆的踪影。

父母放不下手头的小生意活计，还有他俩不情不愿就医的固执思想。于是，又多了情绪和思想的交锋，以及我的压力焦虑和反思自责。“事亲尽孝须及早，少闻顾，谦恭逊，遑论周全？随性几多脾气……”

那年，父亲手术，南京鼓楼医院钢琴厅一曲韩红的《九儿》的奏弹，竟使我热泪盈眶，不能自已。

人间值得只因爱。那些年，亲人或大或小的手术，几多惶恐，几多幸运，几多感恩！世间除了生死，其他都是小事。“勇气，是生命在艰难时间奋不顾身的相信。相信，是时间赋予生命坚韧恒久的勇气。”《南方周末》2023 新年献词的睿智话语，直抵心头，双目清流，感动而倍加勇气。

盘古乾坤，寰宇洪荒。生本能、死本能交互，爱的力量、熵的力量交织。天道浩荡不停歇，否定之否定在延展。

最小的善也光芒，最强的恶终毁灭。每一个存在都有目的和意义，每一个善美意义织就绵绵希冀。心力无穷，敢刺苍穹。心念无穷，希望洪钟。

（四）

一朋友说了一句富含哲理的大白话：男人混得好，对社会贡献大点；混得不好，对家庭贡献大点。

多年前，职场失意的他，买菜做饭照顾孩子学业，平凡而踏实，对他肃然起敬。自古忠孝难两全，大丈夫建事功、成宏业，豪迈贡献服务社会；小男人做好本职，顾好家庭，承担该有的担当，也就有了坚实的脚步、厚实的肩膀、温暖的模样。

责任加持的身影总是令人感佩，不管身处何位、身在何处。这世间，凡人种种，你我大多是夏夜繁星，存在并光亮即可，若有微风轻拂，便平添了清香萦绕。闪烁耀眼那是天地造化，无须心念心动。

所以，男人最大的靠谱是责任心，最大的缺失也是责任心。

孩子是父母心头的柔软、内心的期许、精神的赓续，更是父母的作品。感恩上苍垂爱，赐我乖巧幸运的女儿。绕膝疼爱小棉袄，从小到大和父母交心交融，一直是好朋友。女儿要强，父母的规划、自己的志向，一路致远，向高处立，往宽处走。

十年间，牵手目送女儿进考场、赴学堂、异国他乡深造、恋爱、走上工作岗位、步入婚姻殿堂。

人生半百，最精美的讲话、最温情的泪泣、最开怀的笑颜，是在女儿婚礼上的致辞、掩面和神爽。爱的味道，最是甘甜，滋润心田。

感谢我的女儿！虽平凡，却不断成长。时空交错中，闪着亮光，成了父母期许的模样。

（五）

执着于事、修行于心，担责于家、自律于己。十年一瞬，成长丰厚。

十年间，无论是拥有幸福的恩赐，还是踯躅前路漫漫，自尊自强的价值和能动始终燃亮生活，自省自度的气息和希冀抚慰心田。

一切烟花皆过往，一切烦恼都成长。每一滴暗夜凝结的露珠，终将折射晨光。

相信相信的力量，相信幸福的味道，那是放弃的酸、失落的涩、求索的苦、未果的辣、淬炼的甜、收获的香，更是回首的微笑、点赞的底气、洒脱的身影、岁月的凝香。

已是悬崖百丈冰，犹有花枝俏。

感谢生活，致敬美好。

虽平凡，却是亮光

儿时家境真苦。父母起早贪黑，土里刨食，没有歇息的影子，依然维持不了生计。从小学到大学，每学期我的学费都是父母兜兜转转借来的。窘迫生活，填充着灰暗，塞满了辛酸……

初中三年，小小年纪的我便开启了耕读生活。

学校离家不远，是一所农业学校，从初一到高二。10多个民办教师，全是本地的“土秀才”。

校园周围百余亩农田，由全校师生四季耕种，老师的工资、学校的经费多半来源于此。一周上学六天，学生自带农具，每天上午或下午劳动半天，铁打不动。肩挑手提，挥锄拉车，施肥除草，场面甚是宏大。不明就里的，还以为是某个生产队。

裤脚沾泥、乡音纯粹、理想懵懂、教材就简，哗哗朗读声夹杂着泥土的芬芳。一季季田野青黄，起落朝暮；一缕缕炊烟生动，铺展希冀。满眼的青涩，满眼的光。

青春曼丽，直直向前，无须督促和鼓劲，那是上天的恩典，潜意识的指引和勃发。

初中三年，昏暗的煤油灯伴孤影，每晚后半夜才睡觉。每天清晨，父亲一碗油滋滋的蛋炒饭补充我一天的营养。暑假，干不动地里的农活，父母会让我早早回家做饭，那是对我的爱怜和体贴。

那年，电视剧《霍元甲》风靡，“昏睡百年，国人渐已醒，睁开眼吧，小心看吧，哪个愿臣虏自认……”振奋国人心。

屋后的邻居从集镇姐姐家借来值钱的电视机，引得全村老少蜂拥观看，踩塌了他家的鸡窝，不得已移到屋外来看。我专心苦读，从未到场。我妈说，全村的孩子就我一人未去看过。

后来，卖油菜籽有了一点结余。父亲问我，买电视机，还是电风扇？我毫不犹豫地回答：电风扇。平房闷热，看书实在太热了。父母当然遵从我意，买了电扇。少年无知，换作现在，我会照顾父母，选择买电视机。

初二，我获评县三好学生，平生第二次荣耀，感奋感动。早操课，在全校师生瞩目中上前领奖，喜获珍贵钢笔一支。

初中毕业，全校仅四人被省属溧阳中学录取。母亲骄傲地说，能读乡里的高中就不错了，没想到我儿会进城读书。暑假，爷爷带我去他工作的瓦屋山杨湾工区，逢人便介绍：“我大孙子，在省高中学习！”

我的中考分数够上“小师范”的。那时候的“小师范”很吃香，是多少农家人的心念和渴望。校长特地将我唤至学校，“读师范去！”我没填师范志愿，从未进过城，再说时间已是中午，父母去外地卖西瓜了，咋办？只能乖乖答应，回家收拾，立即动身。

大夏天，步行十多里路，赶到集镇车站等汽车。

同在等车的一个年轻白胖阿姨见我独自一人，问我去哪儿。我告知情况。她告诉我，她是我隔壁村的，嫁在溧阳城边上，回娘家来的，她带我去找。遇到救命稻草，我那个感激啊，立刻心定了。

到城里已是傍晚。

那时的公共汽车喘着粗气，喷着汽油味，一路颠簸，蜗牛般前行。于我却是享受，莫名喜欢那股味道，乡下孩子难得一见的神奇物特有的气味。村里有人在部队开卡车，每逢他回家过年，我和同伴眼热心动追着车跑，运气好时还能蹭坐。此外便是天上每每掠过的飞机，长大开飞机是儿时的梦想，至今仍对飞机情有独钟。

车水马龙，热浪滚滚。第一次进城，到处新鲜，四下张望，东找西问。好不容易找到目的地。

招生的人已经走了。暗自开心，正合我意，不敢表露。

凡事皆缘。七年后大学毕业，本该做老师的，仍不愿做，误打误撞，竟遂了心愿，改向他途，这是后话。

跟着阿姨去她家，好长一段大马路。阿姨让我记住回家的路。张罗我吃晚饭、洗澡、睡觉。第二天早饭后，安排我回家。

至今感恩在怀。

相比城里的孩子，农村孩子的学业综合素质还是有差距的。未分文理班之前，考试排名怎么也达不到自己的理想，我常暗自失落。选择学文科，生物理化不占优势，这是主要原因。其次是学习时间被缩短，寄宿改变了原先在家“开夜车”的习惯。值班老师每晚夜查，是不能点灯夜读的。分班后，我的文科优势凸显出来。

高中三年，学习更苦。三年假期，农活再忙，父母没让我干过。

大学四年，每个暑期结束返校，全班晒得最黑的人肯定是我。家里十多亩种子稻，每天上午9时许开始扬花粉，两小时内需完成三次人工授粉。手拿长竹竿，在一人多高的稻田里快速穿梭赶花粉，汗流浃背不说，稻叶更是刺人。下午，继续顶烈日采棉花，晚上熬夜剥棉花。

那个时代的研究生凤毛麟角。一进大学，我就想着读研。可家里穷啊，不忍心父母继续四处借钱供我，只好作罢。

心头的遗憾总要找补回来。后来，早早为女儿规划，读了研究生……

特殊的年代特殊的香。虽平凡，却是亮光。

感恩生活和过往，致敬成长。

在女儿女婿婚礼上的讲话

各位长辈、各位亲朋好友、各位同学，各位领导、各位企业家！

先生们、女士们以及可爱的孩子们：

金秋十月，香气充盈，凝结美好。

美丽的天目湖畔，水波浩渺，山色空蒙，今天格外清婉动人。

今天，我的女儿做了幸福的新娘！我的女婿成了帅气的新郎！

感恩上苍的眷顾和玉成。千里情牵，天津溧阳。

感谢大家的见证和祝福。厚德绵延，嘉宾满堂。

略备薄酒表寸心。

我们两家真心感谢大家多年来出入相友、守望相助，鼓劲撑腰、提携帮助。

感谢大家今天的不辞辛苦、专程祝福，尤其是从天津、北京、成都、上海、杭州等地远道而来的亲友。

感谢各部位、各环节前后张罗的亲朋好友和工作人员，谢谢你们的辛勤付出！

孩子是父母心头的柔软、内心的期许、精神的赓续，更是父母的作品。

我的女儿是乖巧的。绕膝疼爱小棉袄，我给她取名咪咪，唯愿猫咪般可心可人。

我的女儿是幸运的。从小到大，和父母交心交融，一直是好朋友。今日出阁，欢喜而不舍。

我的女儿是自强的。苔花如米小，也学牡丹开。父母的规划、孩子的志向，一路致远，向高处立，往宽处走。

感谢我的女儿！虽平凡，却不断成长。时空交错中，闪着亮光，成了父母期许的模样。

作为父亲，我很欣慰，也很感激。

感谢我的亲家，家风绵厚，基因传承，教育康养了一个好儿郎。

我的女婿清雅守礼、聪慧上进，能打硬仗，自尊心、价值感很强，昂扬精气神像极了年轻时的我。

异国他乡，两个孩子相识相知、相情相悦、相伴相长，互相学了对方的专业，双双取得双学位硕士。

同心同向、同力同行的你们，慰藉了异乡父母多少牵挂和不安。

作为岳父，我很欣慰，也很感激。

值此良缘佳期、良辰美景，我代表双方父母，向两个孩子说两句话：

第一句话，一等人忠臣孝子，两件事读书耕田。

忠心善良秉正气，读书工作日精进。挖掘潜能，体现价值。对社会有用，对家庭有爱，对自己有精神家园。感恩双亲，不分彼此，都是爸妈。

第二句话，三千弱水，只取一瓢。

因爱情而奔涌，以亲情而濡沫。人生一瞬，修为可贵。少作他想，无恋东西。美情与共不忘初心，美意延年携手一生，不负此景不负卿。

祝福我的孩子们！愿你们——

喜洋洋喜笑颜开，

喜滋滋喜气盈门，

喜乐乐喜上眉梢，

润心中意更辉煌！（注：两个孩子的名字——耿润中、黄心怡）

美音自在溧阳，美情自在天津，美好自在上海。

时代伟岸，祖国锦绣，和顺致祥。

祝福大家！感谢大家！

2021 年 10 月 16 日

父母的小菜园

玉米棒子熟了。父母来电，让我和妻子周末回老家取玉米。

小菜园里新长出的玉米，那叫一个香糯，我一口气连啃三根。

品种优无农药，采摘时机刚刚好，即掰即煮，能不新鲜好吃？不烫还热时慢啃，不老不嫩不松不紧，些许清甜唇齿留芳，另种美味。不似所谓的水果玉米，颗粒嫩没半点嚼劲；也不像已过采摘期的老玉米，咬着费劲腮帮子疼。

世代务农，父母是典型的农民。

贫困阴影印刻，受多忙才能多收成的心理驱使，起早贪黑劳作忙碌成为他俩半辈子的轨迹和习惯，不会歇息也不愿停息，轻松于他俩就是罪过。雨季或冬闲，村民三五成群，串门拉呱、打牌麻将赌博，他俩全然不会，小睡一会儿硬生生找事去做。

相比同辈村人，父亲有点框架思路，母亲还算心灵手巧。为增加收入也为不空闲着，他俩没少经营副业，地鳖虫、蘑菇、母猪等都尝试饲养过，尤其是小猪仔。记忆中，一窝一窝的小猪仔粉嘟嘟圆滚滚，毛色丝光发亮，争相抢食、专注吃奶、比赛跑步着实喜庆可爱。趁着行情好价钱，40多斤出头时便出栏售卖，换取全家人的生计。

我真不太懂得，个子不高的父母，在年轻时，身体何以蕴含如此能量，劳而不累？尤其是母亲，要强好胜不服输，经常指挥父亲忙东忙西。为何就不能停歇？

农村的辛苦烙印我心。之后让父母进城，告别农活图个轻松。

自尊要强不甘没有价值，他俩学做起与农产品关联的小生意。厚道吃苦善学，很快上手并日渐娴熟，如此前后操持了十三年。

起早贪黑、辛苦负荷连轴转，外加环境差、年老体弱，我的父母经常生病。我很是不忍也很烦心，一直催促早点歇下安享晚年。虽满口允诺，实并不相从。

是啊，穷了大半辈子，性格如此要强，怎舍得此赚钱营生和日子，挣钱是他俩的乐趣和价值。父亲遵从爷爷教诲，宁可攒钱留待贴补子女，也不愿向孩子开口伸手，说这是做父母的尊严。明白这份心思，加上父母的固执，拧不过也就不再强求。

后来父母先后各做一手术，万般不舍、无奈中，放下小生意回到老家。

老宅是我读大学时，他们土里刨食艰苦供我之余，坚韧举债建的。两间两层楼房外带一平房，在村前高耸，很有面子，他俩好面子。本打算推倒重建，因父母不舍，外加一些原因，后作罢内部改造出新。

城里他俩是不愿待的，说人头不熟，不喜遛弯不善闲谈，不会打麻将牌；说整天关在鸽子笼里，不干活浑身不自在不得劲，筋骨酸疼；还说回老家拔半天草神清气爽，村人老相识热络开心，等等。

原先的农田这些年一直由种田大户租用耕种。他俩也自知田是种不动了，孩子们也不会答应。于是请来推土机，连扒带挖，外加以田换地，竟在门前场院前端修整出好大一块菜园，东西向长方形，砖垒网围与场院稍作分割，美观实用还不影响邻舍。又将房子西侧空地归整，砖瓦简单铺盖，垒起二十多平方米的鸡鸭养圈。屋后狭长小院内还归置起小花园，养花种草支起葡萄架。

这番景象村里不多见，父母很骄傲。

地不停歇，人更不歇息，各色蔬菜瓜果轮番栽种。为了多扩菜地用地，园内仅留很窄的小径供人行走。新鲜蔬菜有机环保，自给自足省钱不用买，还能劳动强身健体，他俩整天侍弄，匠心创造了新的载体、新的乐子。

妻子城里长大喜欢菜园，勤快常回老家。虽不会农活，但爱凑热闹帮着忙活。每每大包小包带回新鲜蔬菜及鸡蛋鸭蛋，分给哥嫂姊妹和朋友。

那时那刻，父母的价值满满体现，每每喜笑颜开，目送我们满载回城。

打小农村长大，没少干农活的我，见惯了这些，自然不喜，也不排斥。房前屋后四下溜达，探探新奇瞧瞧变化，或端张凳子走廊闲坐，看他们忙碌，享受乡下的安静、此刻的美好，什么也不想，放松、慵懒。

或许在那一刻，我理解了父母——

人的存在，不管你是各色人等，不都是图个兴趣爱好、平台价值、自在快乐，所谓的意义感！追求了意义，也就乐此不疲、不以为苦，虽苦犹乐、乐在其中。

价值也罢尊严也罢，归根结底不就是图个乐呵和意义?在合法合度合序合理合情范围内，乐呵了自己，便乐呵了人生。

父母的小菜园，原来是快乐的乐园，精神的乐园！

父母是幸运的！

第二章 色难，非真爱也

色难，非真爱也

（一）

色难，扎心的话题。

这世间，文明浩荡清风盛，亘古不变。孰料，最难的竟是对父母和颜悦色！

这世间，狼心狗肺不肖子孙少之又少，但人性本能、爱的神秘莫测等因素的综合作用，让我们把好脾气留在了门外，把坏脾气扔给了家人，尤其是对父母。

这世间，儿女之于父母，功能大致有三种：报恩的、讨债的、中间态的。

报恩的，大多一副好心肠，混得不好不坏，留在父母身边未飞走，有能力赡养父母且担当责任的。

讨债的，肯定是打小娇惯受宠，混得没个人样，父母恨铁不成钢，大半生为其所累的。

中间态的分两种：要么是心智超常，学有所成，建有事功，远走高飞，忠孝不能两全的；要么是性格柔有余刚不足，待人接物没多少热情，有点没心没肺，比较麻木不仁，恩债都不沾边的。

人性经不起掰扯过招。就色难程度而言，讨债的最盛，报恩的其次，中间态的最轻微。

讨债的，本质上是披着人皮的动物，对父母当然色难。中间态的少色难，前者因常年不在父母跟前，愧对父母难尽孝；后者对谁都不太上心，一般而言不会也无须色难。

可笑可悲可叹的是报恩者。

他们付出多、受累多、色难也多，吃力吃苦吃亏往往不落好。父母虽享其福得其便，不经意间被伤心伤害也不少。

论其原因，一方面，心善者往往刀子嘴豆腐心，“小匕首”常抛出，扎人扎心；另一方面，接触越多、摩擦越多，付出越多、怨恨越多，符合人性和常理常情。

冷暖自知悲欢债，人间亲情也是愁。

（二）

儿女成家立业后，因生理心理上的颓势弱势，更源于内心深处的深厚情爱，大部分父母会隐匿先前的角色，收起年轻时的锋芒，退出家庭的核心。

以平和姿态以你为天，慈目凝望，把你守望，难得色厉言重，更少指点做主。他们明白，自己的孩子已经长大，可以独立天空翱翔。一些父母甚至有些许卑微，看你脸色心情小心说话，看事情火候场景欲言又止。

可怜天下父母心！岁月改变了行径，却未改变内心的挚爱。

之于孩子，情形则不全然相同。时间改变的，不仅是行为，还有与父母的关系。

呱呱坠地，我们对父母浓情依恋、抱持求爱，须臾不能分离，分离便焦虑哭泣，严重者落下人格障碍、没有安全感的阴影。

待我们成人成才，多了见识、长了本事、有了思想，学会了判断，便脱离父母的怀抱，强化了自我界限和认同、自我价值和尊严。有的和父母不再那么亲近、依恋和依赖，很多人不再完全接受父母的影响，承接父母的圈围和铺展。

很多父母没有与时俱进，和孩子共成长。他们停留在原先的那个“点”，落伍了时代，跟不上节拍，和你无法同频共振，产生了落差。对父母的习惯、脾性、认知和“三观”、层次、价值，我们未必认同，不全赞同。

加上老年人独有的怀旧思维、节俭习惯、保守意识，他们的改变进程相当缓慢，有的接近停滞，显得固执随性。

于是，我们的不满意识、抱怨心理、责备话语、恨铁不成钢心境，以及给自己添了麻烦、成了负担、耗费了时间精力等狭隘想法，乃至久病床前无孝子等自私心理，或多或少、形式各异蹦跶出来，色难便产生了。

矛盾的行为和心境总是上演：一方面嘘寒问暖、事亲尽孝，忙前忙后；另一方面抱怨嘟哝、指点责难，这般不满，那般想法。不仅如此，还经常自责，恨自己不孝不该、浑蛋混账，却总是收不住、改不了，色难屡犯。尽孝—色难—自责—再色难，循环往复，揪心伤情。

心刀一把，伤了父母，剜了自己。

心刀相合，是“忍”字。想忍、愿忍、却忍不住、不会忍，在色难中事亲、在事亲中色难。

色难，社会公知、人性难题，绝非个例。

（三）

何以如此？一些观点论证了其存在的合理性和必然性——

成本理论：伤了外人有成本，难过了亲人会包容；越是关系亲密，得罪的成本越低。

“自我本我”观点：面对外界，“自我”出现，戴着面具便于生存发展；面对家人，摘下面具，以“本我”原貌示人，无须伪装。

亲疏的自然属性：对亲近的人，相处方式通常是嬉笑怒骂；对不亲近的人，因不爱，自然也不会有伤害。

情绪收容功能：亲近的人之间会形成“情绪收容”，我们在享受幸福的同时，也要承担亲近带来的伤害。

预期过高论断：对亲近的人，我们不仅有各种期许，还有这样那样的要求，即便我们什么都不说，也期望他们能理解。

踢猫效应：向弱于自己、低于自己的对象发泄不满，等等。

上述观点，对色难的解释虽各有侧重，但并非本质和全貌。决定事物本质的是内因，“非真爱”是色难的关键。

你对父母的爱，是发自肺腑、刻骨铭心、血浓于水的诚挚真爱？还是更多的体现一份责任道义，尽一份孝道求心安？是形式大于内容，名义口头的爱大于你的本心本真？

你对孩子满心欢喜、满目凝望、满眼爱怜，外婆般的眼神。此般心境神态，你对父母有吗？

若有，便是真爱。没有，你的爱便带有狭隘自私、界限清晰的成分。你的内心，对自己的爱以及对子女的爱，大于多于高于优先于对父母的爱。

爱与非爱最显著的区别之一，是当事人意识和潜意识中的目标是否一致。如果不一致，不是真爱。

（四）

消弭色难，唯有爱。

爱是接纳——

爱的原点是接纳，底色是认同，无接纳无欢喜，无认同无慈悲。收起我们不该有的完美主义、求全责备，接纳父母与我们的差异、落伍和不同节拍，接纳我们对父母的不满不快、不认同甚至不喜欢。温柔以待便是爱。

爱是敬畏——

因敬畏而尊重而谦逊。敬畏缺失，傲慢和压力的闸门便打开，意志和情绪的洪水便宣泄。爱的最大风险，是自以为见识高人一等，以爱的名义指手画脚。对父母善意的批评建议和要求，不能仅凭直觉，需经反省和确认才能提出。

爱是行动——

不厌不烦、不忧不惧、平心静气做好当下事，是爱的量尺和标线。克服我们的懒惰、自私、焦虑和恐惧，爱的意愿产生行动和勇气，实实在在地付出和奉献。动起来就不懒，做起来就不怕，不解决问题便会产生问题。空想和感觉不是爱。

爱是滋养——

对父母的爱，不止于浅层面的事亲尽孝，而是促进父母心智成熟，适应子女的变化，不与时代脱节，和子女共成长，有益于晚年。同时滋养我们自己，获得心灵成长，体悟爱的境界和快乐，而非纯粹的自我牺牲。

爱的绽放依靠自律。自律，是将爱转化为实际行动的具体方法。爱，必须自律，懂得约束。以爱为出发点，一切才不会异化变味。

你若真爱，清风自来，花容色悦。

说说君子，扒扒小人

（一）

君子小人各有其道。

君子怀德、德风、成人之美、周而不比（团结不勾结）、坦荡荡、中庸、有礼、不器（不沦为器具）、知耻。

小人怀土（重物不重德）、德草（道德像草）、成人之恶、比而不周（勾结不团结）、长戚戚（心境忧惧）、反中庸（好走极端）、无礼、为器（成为器具）、无耻。

也就是此般嘴脸：阳奉阴违、口是心非，忘恩负义、翻脸无情，利欲熏心、唯利是图，心胸狭窄、睚眦必报……

君子小人互为概念，对立统一。无君子也就无小人，彼之光辉，此之丑恶。刻画君子，相对抽象，多会意，难定义；勾勒小人，则容易得多，具体实在，入木三分。故常用“反打反衬法”，具足小人之丑态，君子之美也就凸显。

君子必善，但善人未必能称君子。高山仰止，景行行止，两者纬度不同。谦谦君子，幽幽如兰，君子善而高洁；朴素之良善，如山谷清风，有君子之操守，却无君子之情怀雅致、高远风范。虽不能至，心向往之，向君子而行是人格的修炼、人生之修行。

恶人小人并不等同。恶人必定是小人，小人未必是恶人；小人之恶，未必是邪恶。恶人内心邪恶令人发指，为己私利不惜戕命害财。小人魑魅魍魉，少胆气缺锐气，戴面具藏匿暗处，不够磊落见光死。反倒是一些恶人，坏得光明正大，并无小人鬼祟行径。

伪善最可怕，躲在花丛中的响尾蛇。伪君子好事坏事都做，因事因地因人因时而不同。时做好事、时做坏事，小事做好事、大事做坏事，开始做好事、最后做坏事，防不胜防。

大奸似忠、大伪似真是邪恶，邪恶的伪君子、伪君子的邪恶。其猖獗危害，中外历史罄竹难书：蒙蔽视听、改变走向、倒退文明，但乾坤朗朗、日月昭昭，人间正道是沧桑。跳梁小丑皆蚍蜉，终将遗臭被唾弃，湮没在历史的尘埃中。

（二）

小人，历史的糟粕、专制的产物，源于人性之阴暗、利益之冲突，是贪婪、自私本性碰撞的结果。天下熙攘为利来往，有利益的地方，竞争形态、争抢状态、钻营丑态、贪腐恶态绵延存在。

先天遗传、家庭印刻、心理畸形、社会化失范，是小人温床的支点。小人是有基因的，父母歪瓜裂枣，坏家风“活教材”传习传承，小人之胚胎便有了胎记。

从心理层面，为自己出征，是生存本能和防御机制，包括逃避性的、自骗性的、攻击性的、代偿性的、建设性的等各类防御。只是小人用其极，畸形变态被扭曲。小人自卑、内心冷漠，学识不够、才具平平，贫穷心理、饥饿状态，少了一份自信自尊的立足洒脱、富足富有的云淡风轻，所谓穷生奸计、富长良心。心理富余、本领富裕、人格富态，才会懂退让不争抢，继而产生礼义，不慌不忙君子状。

仇恨现实、嫉妒他人、不择手段，是小人之龌龊本能、生存技能和混世动能。步入社会，社会化的过程本该是促进心智成熟，成长成事成就的过程。但臭味相投、同类相吸的法则机理，一些“胎记”定力不够、学养不足，为负面东西所腐蚀同化，入污泥而更浊，可能之小人转化为现实的小人，意料之内情理之中。

（三）

人人心底有一座城堡，善恶居两边，天使魔鬼亦共存，病态的自己、健康的自己交集。所谓圣徒也有过去，罪犯也会有未来。没有纯粹的君子，也无纯粹的小人。很多人总体上是君子，但特殊时势特殊情境，也会展露小人行径，利己自保求自安。一些小人某时刻某场景，也能显现丁点君子成分。

说白了说严重点，很多人上午是君子，下午是小人；上半夜是君子，下半夜成为小人。

故曾国藩说，天下无一成不变之君子，无一成不变之小人。今日能知人，能晓事，则为君子；明日不知人，不晓事，则为小人。

但决定事物本质的，是主要矛盾和矛盾的主要方面。狼终究是狼，不是羊，不因些许变化而变性改质。是君子，还是小人，得看主流主线，不能一叶障目、以偏概全。

之于个体，如何统一君子小人两种倾向、两种成分之对立，以求中庸周正、内心和谐、人格统一？五代宰相冯道给出方案：外君子而内小人者，真小人也；外小人而内君子者，真君子也。

外小人内君子，是底线，也是技巧。外圆内方，勿施己所不欲；做人游刃有余，做事圆通成功。曾国藩予以阐述，天地之道，刚柔互用，不可偏废，太柔则靡，太刚则折。

对于下列情形，做何感想？

某人有思路见解，有个性冲劲，这是好事和优点。只是太自我中心，不配合领导工作，而是自顾自画圆圈，对事负责不对人负责，属于上司“想用不敢用不能用”型，以致用功却无功、吃力不落好。好心人提醒，做事要圆通，兼顾上下左右，胸有大局，让人舒服。

（四）

冷落小人、搁置小人，然后拯救小人，是君子的责任，更是社会的责任。如何驭小人？

明代内阁首辅张居正说，以利使奸、以智防奸、以忍容奸、以力除奸。要么大格局，靠智慧防范，以隐忍等待；要么大手笔，斗争换和平，战之斗之。敢战是心力，能战是雄力，战胜是实力。

最为根本、最为关键的，还是此消彼长。扩大君子队伍，压降小人队伍，提高君子的质和量，特别是培厚一批批比较纯粹的君子，不受小人生态诱惑。

纵观中华文明史，君子之道之高峰之极致，当数王阳明，其主张之核心有三点：行其大道、致良知、知行合一。篇幅所限，不予赘述。

天人合一致中和。君子之道，融于传统文化和社会风尚血脉，定当绵延赓续、发扬光大，大家之努力、社会之精进。

套用并改写《南方周末》2023 新年献词结尾：

相信有笃定的指向，尊崇法治。法治是全社会的最大公约数，是守护人类前行的基本共识。法治超越地域、阶层、年龄，法治不分小人和君子。以法治为准绳，才能永固美好、鞭挞丑恶，把权力关进笼子，让正义得以伸张，让正义照亮未来。

时空及人之变化

杭州一寺庙内有副门联：是命也是运也，缓缓而行；为名乎为利乎，坐坐再去。

天下熙攘，人生匆忙，坐下来干啥？

坐下来捋一捋。捋一捋人之为人，自己的时间空间有了哪些变化，以及身居其间，自己的内外、量质之变化。

时、空、人三者的变化，归根结底是人的变化，人生之变。是总体善变、整体恶变？还是善恶参半，互相有变？或是浑噩生活，根本谈不上变化？更甚者，没心没肺，没头没脑，没个善恶是非，也就无所谓“人之为人”了。

人生百年，仰望星空、俯瞰大地、叩问良心，是君子文章、人生功课。好生作一番“回头看”，自我检视很重要。不能因匆忙赶路，迷失方向，走丢自己。

若能确实做到布施、持戒、忍辱、精进、禅定、智慧“六度”，就能抵达寂静彼岸。

七色眩目，三维世界，时空是我们的承载和存在。时间不续，意味着濒死；空间不存，面临着消亡。你我有限的时间，无论开阔与否的空间，就是我们人生的修道场。

人生起落，念兹在兹。

时间

人之出生和老去，是时间的开始计数、渐次叠加、满格最大化，并同步流逝、消失，直至殆尽归零，甚或瞬间清零。

除去生而则夭，除去英年早逝，时间之于大多数人，理论上是相对普惠、相对平等的，不管贵贱老幼，无论人种国度，时间人人都有，长短不一而已。闻达显要未必多于贩夫走卒，高雅清流未必长命于粗鄙陋人。

时间凭借外力，摧枯拉朽一切不适宜存在。假以时日，山可移，石可穿，一切心设心防、一切执着执拗、一切坚硬坚强可碾压可粉碎。所彰显的、所感觉的抽象力量，谓之张力。时间的张力，是魅力，是魔力，也是恶力和腐力。两向两极，迥然迥异。

还是说点职场的事，职场变迁人之变化。

人物一：行将退居二线的资深副局长老乐，半辈子自律自强自发光，一直认真做事做贡献，但能做事不会做官，就像冬日暖阳，虽热气升腾，却暖融无力。

人生半百心性变。变得突然，仿佛一夜间与之前有了这方面的切割、那方面的分层、某方面的断裂；变得明显，一些感觉、一些好恶、一些性格明明白白地在心头突兀、在脑海晃荡、在行动体现，或隐匿消解，或激发呈现，或各有参半。

这是身心规律，客观存在，无法阻挡，该来的总得来。

老乐也不例外，工作上少了年轻时那份拼命三郎劲。但格局框架不会丢也不会改，他管大面、抓关键，有序压实工作不放松缺位。工作能力和职业积累没得话说，处理手头的工作，无须多费心费脑，假山出流水般，开关一启，汩汩清泉立马哗哗涌流。

心门的漏洞，有人任之透风，有人及时打上补丁。老乐自发自动，利用早晚、周末和节假日，自学一门课程，摆渡进入新的视界，读书成为生活方式，镶制了人生另外的刻度。

人物二：年轻、虎虎生风的副局长蒋某到任后，满目激情，热血事功。上下游说，左右协调，搭平台建机制，拉队伍抓推进，挺忙乎。

有想法有思路，敢于说、善于说、先于说，说自己分管的事，论同僚分管的事，有能力敢担当，职工如此感觉。局务会上，蒋的嗓门大，他人的脸色暗；蒋的嗓门越大，别人的脸色越暗……慢慢地，局长、其他副局长，还有一些中层干部对他有了态度上的变化……

再后来，蒋开始枯坐办公室。除了工作操持之外，剩余时间便是整日看书敲键盘，忙于学习。年底民主评议结果，蒋出奇的好。“当初想做事，没多少人说我好；如今不想干事了，大家都说我好。”蒋苦笑。

人物三：一个口碑好、受人尊重的领导，进一步晋升提拔的人本该是他，结果却戏剧般成了别人。本来文艺、本是才子的他，因才德勤绩俱佳，一路辛苦勤勉，一路得领导赏识、组织重用成了领导。现如今仕途失意，难免心冷，最终回归文人，采风创作，著书立说。

失之东隅，收之桑榆，成果颇丰，也是幸事。

你还别说，这两人此般行为，居然无人非议和过问。或许一些人还期盼感谢他们这样。人性深处的自私复杂和矛盾纠葛，各位细品。

时间见证变化，见证善恶，见证美丑，见证力量。

任何人都是环境的产物，好的环境催生至善至美，激发创新创造；坏的环境制造丑恶，扼杀心劲，戕害精进。人类社会一切内驱动力、外在推力，无不是心力的腾涌、胸臆的勃发。天堂地狱一念间，取决于选择。

所以，人真的需要灵魂的信仰、内心的坚守、“三观”的加持、清朗生态的抱持，向善向美。山高人为峰，海阔心为界，世间没有绝对的公平，但必须刻意人间的正义，这是永恒的擘画、良善的遵循、人性的呼唤。

空间

空间，是地理、社会、心理三个概念的综合，包括浅层面的生存空间、深层次的发展空间，以及相随相伴的心理空间。

个体的价值程度、尊严几何，取决于发展空间的多寡和优劣、心理空间的感受和舒坦。生存空间只是基层基础。

也就是俗称的、世人常戚戚的“命和运”，以及物化为社会标准、衡量成功与否的“人生价值”。

空间大小千人千面，各不相同。

这个世界，多少人仅有丁点悲催的生存空间，或是丁点逼仄的发展空间，人世走一遭而已，远不及一豢养猫狗宠物。又有多少人心理破碎的伤痛，千疮百孔地飘零。

又有多少高光者、巅峰客，他们精骛八极，心游万仞。世界是他们的空间，是他们的光鲜，不是普通人的花环。普通人拥有的空间，便是他的整个世界。

只是造化弄人。有时间的，未必有空间；有空间的，未必有时间；既有时间又有空间的，那是个体的造化、人生的宏大、天道地道人道打通的福报和造诣。

三者的比例，大致符合橄榄形分布原理：第一种人占大多数，另外两种是少数，各居橄榄球一端，这是造物的法则。造物主是公平的，你看苍天何时轻易饶过谁?

因此，凡人能把控、应掌控的是自己的时间，让时间张力又张彩，是正途，是大道。

时间的尺度有具象、抽象之分。

有的人活着，但已经死了；有的人死了，但仍然活着。做一个高能量值的人，有益于时代、社会、家人和自己，更延长了生命的长度，平添了额外的高度，制作了非常的精度。

质本洁来还洁去，强于污淖陷渠沟。

空间则不尽然。“德不配位，必有灾殃。德薄而位尊，智小而谋大，力小而任重，鲜不及矣。”

不当的空间，往往是心殇、坟墓，人生的梗。你看多少肮脏的贪官政客、污秽的商贾钱囊、下作的艺仔名媛，名利场是他们贪婪、奸诈、权钱、心魔、性欲的污垢地，玷污了人性、生态和社会，败坏了道德、法度、秩序、公平和正义。

若是低位静默、安于一隅，本分一生，不至于释放毒性毒素，贻害社会。只是一旦披上华彩外衣，赋予他们空间和机会，骨子里的兽性和破坏欲难掩。

累积叠加了时间和空间，美越加阳光，丑更加丑陋。所以，空间的拓展首论德才匹配、德位相称。向高处立，往宽处走，随缘就势才能行稳致远，不必太过用力，不必太过介怀。

透彻心灵，照亮前程；清爽灵魂，寂静彼岸。

说到底，思想总开关不能出问题。

活着的意义

2023 年 4 月，四个年轻人在天门山跳崖。

之后，四川某林场深处又有三人自杀。

令人痛心的自戕自害！

哀莫大于心死。在生死的边界，心存希望、心怀勇气是深水漩涡中漂浮的最后一根稻草。当活下去的意愿崩塌、坚韧不再，活着是没有任何意义的，任何风吹草动皆是闪电霹雳，宣告生命的即刻陨落和终结。

内心的伤痕和斑驳，总要自我的坚强和疗愈，总要社会支持系统的呵护和抱持。一些无力无奈、无盼无解的心殇泪憾，一些无端无理、无章无法的外力外因，能掳掠我们的既有，却剥夺不了我们应对环境的自由啊！

我们本该是自己的情绪和行动的主人！

尼采说："知道为什么而活的人，便能生存。"

当人战胜自己，战胜各种心理否定和生命不愿；当人战胜外在，战胜各类挤压侵蚀和叩击绝望，便可触发身心的坚挺，赢得生命的渴望。

自助者天助，你是自己生命的天！积极的态度，成就活着的希冀，吟唱生命的意义；消极的态度，加剧痛苦、导致抑郁、引发消亡。

这是心理慰平、灵魂救赎的标尺标线和价值呐喊。

背后折射的系列问题，最为关键的一点——

对生命意义的考量。

作家余华的《活着》讲述了这样一个道理：人是为活着本身而活着的，不是为了活着之外的任何事物而活着。

“福贵的一生除了苦难还是苦难，但他相信自己的妻子是世上最好的妻子，子女是世上最好的子女，还有他的女婿、他的外孙、他的老牛、他的朋友，他的生活点点滴滴……福贵让我们相信，生活是属于每个人自己的感受，不属于任何别人的看法。”

生命的元意义就是活着。

是啊，活着就是意义，这是生命本身的意义，也是最基本的生理意义。若是增加了生命之外的意义，如社会意义、价值意义，乃至人类意义、宇宙意义，生命就有了高级的抽象意义，织就意义的意义。也就引燃了小宇宙，光芒四射，人生自此开了挂。

人是社会关系的总和，总是指向、关联、联结着某个事物或某个人，不可能孤立地存在。负责任是人类存在的本质，必须明了——

对什么负责，对谁负责，怎样负责，也就有了活着的其他意义。

著名心理学家弗兰克尔《活出生命的意义》强调，人之为人，主要担忧的是如何实现某种意义，不仅仅是满足欲望和本能。

老弗展示了一项调查：89% 的被访者承认，需要“某种东西”才能活下去；61% 的人承认，确实有“某种东西或某个人”，自己愿意为之付出生命。

“有理由，才能幸福。”这是心理学定论。

一旦找到那个理由，自然会幸福；一旦找到那个意义，不但会幸福，还能应对磨难。

发现生命的意义有三种办法：成就成功、全心去爱、忍受苦难。

于普通人而言，成功成就一定是意义价值，愉悦充实。成功成就过盛，意义是削减的，司空见惯也就习以为常。

爱消失了自我界限，是意愿和心甘，是指向和使命，为自己或他人，必定是意义，甚或崇高而伟大，感天动地。

人生本苦，学会承受痛苦也便洞悉了人生的本质，也就不再那么万千心境，纠葛人生之苦。潜能的力量很大，化灾难为胜利、转厄运为成就屡见不鲜。

意义导向一旦减弱，即时快乐的追求一定占据上风。

叔本华告诫，人注定要徘徊在焦虑和厌倦这两极之间。

存在的虚无，表现为厌倦。

很多人不知道自己想干啥要干啥，或随大流，做他人所做之事；或不思考，做别人希望之事。他们抱怨生活没有意义，内心是空的，热衷于吃喝、聚会、麻将、游戏等低能耗之事，心理本质是“存在的虚无”，空虚感、无意义感充盈。

90% 的酒精依赖者有着深深的无意义感。

生活并非如弗洛伊德所言，只是为了快乐；也并非像阿德勒（也是心理学家）所称，只是为了权利。

人活着，是为了寻找生命的意义。

如此，长夜漫漫，不致飘零片片；前途淡淡，不会残花瓣瓣。

被温柔以待

被温柔以待，发乎情或出于利。

前者是真温柔，后者不好说，假作真时真亦假。还得善待自己，温柔“自待”。

电影《温柔壳》。觉晓和戴春，两个有精神状况的辛酸人，相遇相吸相互温暖，竟有了爱情的光亮，渐以拂去心底死灰，“身体里那只坏情绪的鸟飞走了。”他们回归社会，虽然生活狼藉，依然深爱相携，勇敢向前。

有人说，爱情的模样，是一见便觉美好，是彼此靠近便情不自已，是灵魂触碰便会懂得，是明知前路艰险也毅然奔向对方。

岂止爱情！爱的世界，无须理由，无关对错。不管你何等模样、多么不堪，总有一抹阳光对你温柔以待，在某个角落、某个机缘、某段情愫，甚至生命的终点，你触摸了情，感知了爱。造物主对任何生灵心存不弃，没有人会永远孤独，即便你懵懂或与世有隔，即便你匆匆过客香消玉殒，即便你命运多舛未得其便，总有光亮照进你的心房，哪怕短暂片刻温柔停留，人间值得只缘爱。这是爱的“对应”。

还有爱的“对称”，阴阳的对称——对应对称，世间法则。

爱的勇敢，最是动人。爱的柔情必刚勇，生出遮风避雨的铠甲，温柔以壳，为爱勇毅为爱坚韧，甚至为爱赴死。人生一世，真得好好擦亮双眼，看清珍惜独此一份属于你的真爱情缘，那是上天的恩典，舍此其他皆虚幻，过往云烟。

艺术质感，爱情深刻，震撼感人。《温柔壳》不仅是人文关怀，更是光辉触点，对人性深层挚爱深情的理性揭示、讴歌相信。

刀子扎进现实，渐出血色花瓣。《温柔壳》同时启示我们：现实骨感，被温柔以待真的需要实力。

人是如此，物也此般。说某人生来便喜好宠物或许不假，若宠物无获宠能力、献媚表现，若主人无情感迁延、依恋寄托之心理需要，若是两者不能很好结合，宠物岂能被温柔以待?

无欲则刚，有欲望即被轻视，故草根成长要负重负累很多。无资源背景、阅历见识、经验情商，别人本能看不上你，糟践呵斥、谩骂轻狂者也就有了壮胆的“心理安全”、垫底的“无成本轻松”。

有欲望无实力是难以也无力反抗的。即便反抗，也是雨过地皮湿，稍纵即逝不足惧。一个群体内，那些弓身哈腰紧绷紧张，似笑非笑双眉紧锁，小心谨慎甚至有些猥琐状者，多是无资源背景但心怀欲望，意图精进上升的可怜人。以尊严换取欲望的日子是灰暗的，工作也是痛苦的，心理更是畸形。为生活所累，学会自我抚慰。

向低处倾倒恶意嚣张，是强者的任性傲慢。把好脾气给了外人，把坏脾气给了家人，与此心理毫无关联？被温柔以待的基石，未必是亲情，实力才是内核要义，且是唯一。要不何以有色难不孝、虐待欺凌老幼、兄弟相残等怪象血腥？

有关系型和目标型两种人格。

关系型人格重关系缔结，为此做各种努力各种付出。你不值钱时，所迎合的人际、链接的关系只是风雨中的飘萍。不如咬定一个目标，踏实努力，目标达成，其后自有价值。尽最大可能提升硬实力是人生修为，就像炼钢淬火。对应的人格是目标型人格，反而易成功成事。

总有矫枉过正，多了越来越多云淡风轻者的躺平。自知不能，干脆不自苦自辱。躺平的日子虽凄苦，无欲则刚苦中作乐，他们自认为是另一种生活另一种幸福。能成能行？

老天不常予，他人不白给。被温柔以待，其长度、量度、质度乃至效度，因人因事因时因势而大不同。

好在万物总会被救济，凡事还能有自给；外因总是次要，内因才是主导，温柔可“自待”。善待自己，顺带温暖他人，终了你会发现，你的温柔付出还是投射给了自己——扩展了善，传播了善，自己变得良善，终成良善；我们未必能感化他人，但能感化自己；温柔了自己的模样，也就温暖了生活的反馈。

一切因果总能定格，总会回归。原来，人这一辈子，被温柔以待，依托的还是自己。

没有爱，也就没有生命，人类与人工智能的区隔点就是爱。

法国哲学家帕斯卡说："人是一根会思考的芦苇。"

芦苇，自然界最脆弱的东西。既是芦苇当然脆弱渺小，但人之伟大因其思考，人之远行因其思想，人的全部尊严就在于思想。

有了思想无坚不摧，有了爱生命意义因而广博。

所以，人总能被温柔以待。

第三章

石不能言最可人

石不能言最可人

这些年，前前后后、断断续续购买了一些石头。

尺寸未必要大，价格也不求高，能入眼喜欢则可，既经济可行，又满足赏石之好。有段时间按捺不住，近痴如醉地买。

灵璧石、昆石、英德石、太湖石、太行石诸种，山形、柱状、兽样、乳态各型。办公桌上居左或居右，换了一块又一块；家中书房客厅餐厅，三步一方、五步一石错落摆放，以石装点，另一种意韵。

一来二去，成了三四个电商的熟客。石之真假、质之优劣、价之高低、买卖心理，大致有个相互掌握和彼此信赖，省却诸多麻烦。

随着量的增多，妻子渐转不悦，“你看看家里还有处放吗?”成了标配怨词。然而架不住喜欢，无法自控偷偷买。家里不让放，就放办公室，再择机移至家中，嬉皮笑脸接受没多少雨点的数落。

说到底是雅好，非恶习污性，也就这么自我原谅，然后获得妻子原谅。夫妻久之成同好，打扫卫生时，她没少除尘拭石。

虽草根出身，也无亲友传承，但骨子里天然爱石。年轻时常逛公园旁的花鸟市场。露天小卖场，当然无石可观可售，只是我潜意识里的凝望搜寻罢了。偶尔外出旅游，踯躅于奇石店，苦于价高囊中羞涩，遗憾不敢奢望。岁月如流，转瞬半百，有点闲钱，爱我所爱，养起了石头。

石道性情，自古一脉，绵延传承。

“花如解语还多事，石不能言最可人。”诗人陆游温婉千年，灵动喟叹浸润心田，成就中国赏石至高至美绝响名言。

“谁知片石多情甚，曾送渊明入醉乡。”赏石鼻祖陶渊明，田园归隐，把酒耕读，旖旎风流，醉卧巨石，“醒石”佳话流千古。

寄情山林，人之性之雅。只是难以终日徜徉山水，故“竖画三寸，当千仞之高；横墨数尺，体百里之迥。”南朝宗炳《画山水序》如是说。将崇山峻岭收入画境，或缩龙成寸，以石模拟山水，借“百仞一拳、千里一瞬”寄托江湖之思、林泉之意，赏石文化由此开启。

骋目游怀。形而下观其线条比例、纹理走向，形而上赏其峻峭天工、古朴鬼斧，便有了清奇顽拙之石韵抽象，瘦皱漏透之石形标准。以小见大、掌中山河，寸尺千里、案上乾坤，得一方爱石是相当的缘！

不仅是缘，也是苦差，更是潜意识的显现和释放。

寻寻觅觅，辗转各网店辛苦扫货。与其说是寻石觅美，不如说是找寻内心的皈依附着。

你选择的、被吸引的，最终和你结缘的，都是你潜意识里缺失的、期待的、心念执着欲弥补的。审美观仅是量尺，价格高低只是限制，买卖愉悦与否或是障碍，价值观才是根本。计划好的，往往未果；最终买的，却是起心动念临时定的。

过尽江帆皆不是，斜晖脉脉水悠悠。

相中的几块，比如灵璧金钱石“元宝”，图个吉利，是过往穷困心理的揭示和告别，虽然生活的本底是为稻粱谋。灵璧磬石“远山”，状若静卧山羊，舒缓平和，希冀人生下半场河宽水缓、内心从容，无须人格蜷缩、急切猥琐。

再如灵璧皖螺石“生姜”、太行石“巍巍太行”，气势雄浑，精气神饱满，要的就是心力接天精神舒展，万类霜天竞自由。灵璧纹石“胸有丘壑”，告诫自己常精进，腹有诗书气自华，人生需有底蕴，不仅仅是为了成功。

还有太湖石“喜鹊登枝”，剔透玲珑，外形神似。入世出世，人生修行，倘若上述几条兼备，也就完美高洁、内心富足、精神自由，喜乐为人了。

石性人性相通，不仅观其形、赏其韵、谙其意，更能驯其性。

刚入手“远山”时，遍布白色纹理，刚凸硬张。昏暗灯光下冷不丁远观，竟有巨蟒袒露白腹蛰伏之感，丝丝寒气。遂用润肤露涂抹油养，使之皮色变黑，并经常揉搓力抚，渐以包浆，慢慢柔和温润秀丽起来，呈现灵动成长色。

凡物皆需规整，以物降物。经常把玩驯化，去烟火气，去桀骜气，去野性野味妖魔气，终会柔顺服帖，和育人同理，与驯养野生动物同道。

故养石的过程，也是悟道慧心、利石及己、相互滋养的过程。

石之与人的滋养，一曰清心，二曰迁延。

庄子说，天地有大美而不言。

世界是喧闹的，喧闹的尽头终将宁静；人的本质是孤独的，孤独的群体趋向慧明。由内而外清心降噪，学会虚静、享受恬淡、承受寂寞，一如石之不能言而可人。喧嚣的世界，为自己撑起一片树荫真的很重要。

伟大的心理学家荣格曾说，我们普通人，一生最重要的功课就是要学会接受自己。

其次是迁延。马斯洛需求层次理论认为，最大化自我实现的人儿最幸福。

人的社会属性，决定了人活着不仅是为"活着"本身而活着，同时是为活着之外的关联事物而活着。你不可能置身"活着"度外，活着是为了更加有效、更有意义、更有责任、更有价值地活着，包括自身价值、家庭价值、社会价值，乃至人类价值、星球价值、宇宙价值，这便是人活着的社会意义。

居于需求层次顶端的"自我实现"纬度，于多数人是奢侈奢望，也是多数人趋向平庸、甘于庸俗的基因本能和心理诱因，并不断代际传承、社会从众叠加。于是，优秀者不断优秀，庸俗者不断庸俗，他们寻找各自的快乐，欢快舞蹈。

中间的群体很多是苦行僧，心苦大于身苦。他们欲优秀却不达，想庸俗却不甘。内心有所寄、情感有所托，成为身心平衡的必需出口、向高洁之物迁延的应有之义，比如爱石赏石养石。其蕴含的逻辑，不只是钟爱的情结，更是遗憾的疗伤。

外求不得的内心附着，最终还是转向美好的外物，这是造物主的平衡法则，美丽而伤感。从这个层面，人类偏爱用艺术形式倾力打造凄美的悲剧，我想，这或许是讴歌英雄式悲壮的心理底色。

人间美好，总能同一。清心和迁延，殊途而同流，归于内心平和。人生本苦，内心平和是莫大的幸福、不二的港湾。

只是我们找外物以补憾，必须敬畏天地、尊重法度、遵守公序良俗，不能泯灭人性的光辉，走向堕落、腐败和邪恶。

合理合法合度利己，更要利他利社会，精致的利己主义走不远。公众领域的成功，才是真正的成功，个人领域不是，这是一个厚重的社会课题。

人间正道是沧桑，你看正义之剑何时蒙尘？天道地道人道永恒！

感动美好

一直眼窝浅、泪点低，读书观影听报告易感动流泪。会为苍凉悲切凄美爱情落泪，为奋斗强音谷底反弹啜泣，为孱弱小精灵在寒风飘雪中瑟瑟发抖心颤……

此情形若是独处或居家倒也无所谓，公共场合难免尴尬。为此竭力止泪泣屏呼吸，双手抱胸或托腮正襟危坐以掩饰，怎奈情绪涌流决堤不由己，随着年龄增长而更甚。

印象中，最为泪水涟涟撞击心灵的，是电影《归来》以及一场英雄事迹报告会。

《归来》虽平静叙事隐忍不发，却处处心潮震颤推石卷沙。一对患难夫妻藏匿内心所有伤痛，始终如一以对方为念。磨难历尽，本该花好月圆，孰料妻子因失忆不能相认，丈夫克制心伤以“念信人”身份相伴左右。

火车站举牌待归人场景酸涩。牌子破了旧了，雨雪湿墨晕染，她新写三字，坚毅辛酸等待；被等的人温柔以待，心憾无悔灵魂高远等自己。

特殊的年代遍体的伤，人间悲喜无声的歌。尘世间这样的牌子多少人在内心高举！未酬的壮志、难留的浓情、仙逝的亲友……无期的等待、无望的归来，难以忘却，无法割舍。只是老天不予，哪堪秋风秋雨萧瑟，孤寂了心田，消弭夙愿。

和妻子女儿一起去看的，散场灯亮，周围人眼光齐刷刷看向我们……

我所在单位的上级部门一位领导因公殉职。报告会，由五位同志宣讲，他的同事、女儿和记者，分别讲述其人、其情、其工作、其铁汉、其不平凡。不同的视角相同的挚情，追思叹息英雄，仰慕崇敬榜样，泣诉永别亲人，感人至深叩击心弦。

他的女儿亲情才情交融，悲伤自豪交互，平静诉说似凝噎，大悲希音撼人心，那是悲恸的深念。做事诚信，做人忠诚，他的父亲这样教导他。家国相连，家风传承浇筑精神家园，铭刻大爱风骨；情念相牵，事业执着高耸信念丰碑，闪亮钢花铁水。这是党性的光辉、旗帜的力量、生命的礼赞！只是英雄太过匆匆。

什么是美？美是同情之美、残缺之美、遗憾之美。淡淡的遗憾，幽幽的伤，但心有阳光蕴含希望，美之怅然，怅然之美！一个“怅”字，映照人世多少抱憾遗恨、共鸣相通！

完美无缺，一份假想期盼罢了。万物因其残缺遗憾故成其美，因其残缺遗憾再造美而更美。对美好的希冀向往，对缺失的期望渴望，催生了对美好的追求感动。渴望圆满，是感动的动因。

你感动的，必是你柔软不忍的、向往缺失的，必是你求而不得、得而复失曾经拥有的。外物丰盈者、曾经沧海者、司空见惯者、麻木不仁者是不易感动的；内心无美不向美，内心只有个人小美、没有公众大美者是不会被感动的。

爱之越深感动越切，没有了同情共鸣和共情，冷漠者自冷漠，铁石者自铁石，恶心者自恶心，为富不仁者自不仁。

妻子说我文人特质，感情丰富细腻所致。感性脆弱不假，气质差异肯定有别，但这些都是表象。易感动者内心深处一定有一座激荡激越的火山，一经连接搅动便喷涌，那是美的灼浪火花。

冷漠冷静不显山露水者，一般没有。

李白之憾

这段时间在看纪录片《千古风流人物》，谪仙人李白当然在其列，之前关于他的电影《长安三万里》也颇受好评。

唐诗伟大，伟大的唐诗。气势如虹的李白创造了诗性的最高荣誉、最美荣光，自己却一直惊慌失措、狼狈不堪。就像海明威在《乞力马扎罗的雪》中写道：在山顶的圣殿边上，有一只冻僵的豹子。豹子活力四射非凡物，何以舍己窝乱投路，无依凭致冻死？圣殿崇圣高洁，本该温暖万千庇护八方，何以未容一豹，僵死室外遗笑柄？凄惨悲壮如此，难道是豹子圣殿本两途，不该相会不能相融？

李白，五岁诵六甲，十岁观百家，虽学养深厚，但重农轻商“工商之家不得入仕”，那个时代的圈划心伤。为理想另辟他途，年少游走。访名人、附权贵乃至入赘，干谒之路并不顺畅。拜谒大书法家李邕，因邕之不屑，李白起而怼之，“杠精”张狂：“大鹏一日同风起，扶摇直上九万里……”后经玉真公主推荐，得遇唐玄宗，授翰林供奉，陪侍玄宗左右，吟诗作赋填词助兴，一御用文人而已，不遂心愿，他渴望做“中书舍人”参与政事建功报国。才华横溢志向远大，虽诗性勃发，却年少轻狂、嗜酒放荡，无官气内蕴。性情此般，谁能堪受？谁会授官？当然无望，后被“赐金还山”。长安行于他是“大道如青天，我独不得出。”也便有了《蜀道难》《行路难》千古名篇。正义自信充盈，然而判断力匮乏。安史之乱，永王李璘自立，他应邀投靠，事必败，锒铛入狱，流放夜郎。之后因关中大旱，朝廷赦天下被放还。“朝辞白帝彩云间，千里江陵一日还。两岸猿声啼不住，轻舟已过万重山。”“轻舟”欣喜，诗句美丽，只是生命之舟已沉重异常，年过花甲还往安徽投靠一县令，不久病死。

自古文章憎命达，人生曲折、历练心力往往勃发了才情。万物相称对等，若无李白如此性情，何以如此伟岸才情？光辉明亮，雄浑绝唱；青春气息，豪情诱人。美丽的悲壮！只是你本谪仙客，蓬勃人间诗性、颂扬生命激越，有所为有所不为，多好？何苦执念自苦于己所不能，汲汲营营于官途崎岖，空有经邦济世理想，伤悲切，人生不堪如此。

人是有位置的，妥帖妥放妥了你的位置，你便是自己的英雄。故苏格拉底说：认识你自己。《中庸》也言：天命之谓性，率性之谓道，修道之谓教。每个人来此世界各有使命，个体自有的价值和使用价值，当顺应天性、培养人性、发展个性。好运也是一种天赋和才能，珍视所赋、挖掘潜能、创新创造，舒展了精神，涌动了匠心，也就有了一种不再需要对别人察言观色的从容，一种终于停止向周围申诉求告的大气。

春天时节前往一生机勃勃庄园，问庄园主人：“你喜欢哪一种花？”答：“我喜欢每一种花。”再问：“难道不能精选出一种？”答：“选了一种，就没有了春天。”

乐而开怀

读初一，男女同桌，午睡时轮流交替睡桌子板凳。那天醒来，见同桌女生急急出教室，凳上一摊血。未发育痴傻不太懂，不确信何物，但已懂得缄口。同学嬉闹未觉察，静候她来处理。眼看就要上课，不见其影。总不能站着上课！急不可耐无他法。末了未憋住，求救似蹦出一句：“这叫我怎么坐?”同学哗然，邻桌女生做了处理。那节课，她未到来，我悔愧黯然。此后见我人影，她便轻声骂“狗日的”，整整一学期。我不恼反笑，但从未致歉，不够男人。当年愚傻，想来乐而开怀。

读大学时得痔疮化脓，手术后医生要求便后清洗、保持卫生。自此成习惯：早餐后如厕，只在家中或在宾馆，可清洗，否则相当不适。此习惯害苦我不少，每逢大清早外出，必早早起床、早早吃饭，以解接下来之事。上班时肚子不适，会尽可能往家赶，好在离家不远，故此单位食堂早餐基本不去。那年机场候机，肚子隐痛难忍，一番纠结后只能如厕。完事却有新麻烦，后灵机一动，买来矿泉水，折回厕所清洗，好不快活，乐而开怀。

刚工作那会儿，愣头青气傲不会说话。自认为很正常的一件事竟惹恼直接上司，当场质询于我。不懂克制，怼过去一句话将他噎住。次日，被上司的上司某副局长叫去谈话。他铁板着脸直奔主题批我一通，才明白所因何事。找空档插话：若有过错，他该直接找我，何故劳烦您出面？他当即止住，气势稍泄，平缓道："说你的事，别讲人家！"不一会儿雨过天晴，让我走人，乐而开怀又怅然：领导也打小报告？

穷小子恋爱只能纯谈情说爱。既没钱也省钱，月色温柔皎洁之夜牵着女孩（我妻子）手，下意识柔柔往郊外走。遇有乱坟堆，打小恐惧死人的我竟浑然不怕，勇敢引领径直穿过，很有英雄气。无意间践行了恋爱秘籍：女孩越害怕越需依靠抱持。还写下情话：谁似南山融融月，蓦地为我暮云开。每念及此，乐而开怀，很感谢不贪图物质的妻子。

和朋友去苏州吴江，平生第一次欣赏露天音乐。海量年轻人青春活力，靓丽养眼。激情酣畅时，他们肩扛彩旗，各打手势，疯狂甩头蹦跶，排起小火车跳群舞。刚铺设的草坪本就松软，音乐至高潮时不断喷水，整个内场地面松软泥泞。人群里外圈裹，根本挤不进去。女儿成泥人，摔了一跤，鞋裤沾满泥巴，如此嗨翻快乐，她从未有过。即便拘谨如我的中年男人，也借着夜色尽情扭动。散场时年轻人打着队旗，整齐列队，深情劲唱挚爱歌手代表曲目，魔力摇滚乐！情不自禁，尾随他们澎湃离场，乐而开怀。

和朋友结伴四人爬山。下山时犯傻未原路返回，错行至邻县境内。群山遮目，闷热困乏。手机也无信号，无法导航。几里路后，凭直觉感知有误，折返。沿不太宽的水泥路面继续缓行十多公里，从上午十点半至下午两点，三个半小时。途中仅有两三辆拖拉机、小汽车缓缓驶过。一路饥渴，苦乐往前挪。干脆褪去上衣，光着膀子晒日光浴，扯开嗓子唱歌喊山。恍惚间竟有野外生存的感觉，产生讨吃喝、食野草、喝沟水念想。何时受过这种苦，特殊体验也是锻炼。如此思量，也就乐而开怀。

平生最为得意的主持词，颇受好评。乐而开怀之余，还有点小骄傲——

> “刚才，× 主任用一个多小时时间，为我们作了一堂精彩灵动、醇厚飘香、宏大的理论讲课，图文说并茂，理论哲并存。将理论讲课上升到哲学层面，升华到实践层面去认识、去把握，谈其本质和内涵，说其要素、点位和逻辑，这本身就是一种境界，体现了厚实的功力和长年的积累，给我们带来了一场金秋丰硕的视听盛宴。我个人感觉，不虚此听，不虚此学。着眼于三个表率、五个示范两条主线，× 主任从苏南板块、绿色崛起、品质城市三个维度，小切口引入，宽领域发散，条清缕析，点滴入深。交融着代入感和亲切感，交替着逻辑思辨和方法论，交互着个人感悟、真经干货和葵花宝典，可思可学可深化，是很扎实的基础课。感谢 × 主任厚积的学养、如数的家珍、旁证的渊博、辛勤的付出、倾心的传授……”

父亲节，女儿给我的第一次问候，全英文，翻译成中文是："无论我走向何方、嫁给谁、和朋友一起多久、有多爱别人，你永远是我最重要的男人，一个女孩第一个可信任的男人。爱你，爸爸，真诚的女儿。所有的女儿，深爱她们的爸爸。"感动泪目，乐而开怀。人生真是缘，很多事机缘巧合、默默守望，亲情相连、相互滋养。女儿高考，我去挂职；之后我工作调动，同一天女儿收到研究生录取通知书。之后，偶然翻到女儿高一时的习作《满与空》，写她外婆的，满纸深情。骄傲温暖，乐而开怀。

满与空

外婆比我大五十岁。有时候时光会让我心生畏惧不知该如何审视她的人生。

外婆并没有什么打理花卉的天赋，她家的花都有些勉强地缓慢生长着。她还拿着那个只比我小几岁的喷壶，小心地将水灌入黝黑的土壤。上了年纪的壶常常从嘴边漏水，湿了地面。这些花中，最得宠的无非是那盆杜鹃，可惜它也只能热烈地花开一季。这些年只能看见它腼腆地从墨绿飞叶中露出一点红，没了当年讨喜的模样，我便早早将它遗忘。只有外婆，还如当初般照料它，如同对膝下的子女。

外婆喜爱烙韭菜饼。每每在那个油烟味缭绕的小厨房里，伴着油锅中轻微的噼啪声，抱怨着再也找不到当年碧绿肥美的韭菜，说着小时候吃饼时激动得溢出的心情，自顾自地微笑，浑浊的眼里盛满了对人生一瞬的淡然。我也曾饶有兴趣地听过这个我人生中从未经历过的片段，可是现在，我也只是坐在外婆小小书桌上翻阅报纸，在浓郁的油烟味厨房中不着边际地支吾两声。

外婆从厨房中端出饼，手中握着一双筷子。金黄的外壳上还有滚烫的油发出清脆爆裂的声音，外婆颇为娴熟地从下面抽出一张不太烫的饼递给我。咬下一口，外婆问我好不好吃，似乎不只是对这劳动成果的评价。我点点头，外婆便笑眯眯地转身去照顾她的杜鹃，褶皱的皮肤在用力搬花盆时可以看见里面突突跳动的细瘦血管。阳光照射在花朵上，我也分明地看清了外婆手上的点点褐斑。她总能巴巴地数着花朵，若是长出了新的便会急急地唤我。我被阳光刺得有些睁不开眼，继续一目十行地看报纸，懒散地应答外婆的惊喜。她也不恼，或是习惯了吧，在忙完花朵的事情后，吃掉我剩下的饼。

我也是突然才明白，外婆的人生犹如那一只醇香而满富味道的饼，我却如同那一口空荡荡的锅。我认为我有满腹的知识，便可随意丈量外婆的人生。却发现，她丰富的经历和永不消退的对生活的热情，需要我怎样热忱地阅读与欣赏。

五十以后

人生惆怅，光阴流逝。张若虚的幽叹读来怆然：“人生代代无穷已，江月年年望相似。不知江月待何人，但见长江送流水。”

人人都怕老去，但人人都会老去，从出生那刻起，老去的钟摆即已启动，这是规律。

古时寿短，人生七十古来稀。按照孔夫子人生坐标架设，五十知天命，人到五十该知晓世间现状、命运穷通，一切皆自然，无须怨天尤人、为外物所动，平静应对就是了。故五十岁被视作人生分水岭，认为五十之后即老人。

人生很滑稽。孩提时渴望长大，因为成长意味着成就和发展，喜夸大年龄以示成人：八岁半了、快二十了……人到中年，有了时间压力，有了逐渐老去、垂垂老矣的心结和隔断，视岁月增加为衰退，尤其害怕并抗拒不确定、难掌控的未知死亡。于是下意识回避、缩小年龄求安慰：四十九周岁、快奔五啦、不到六十……女性更是讳莫如深，年龄问题稍有触犯，娇容变色如泄洪，够你喝一壶。

有些年轻干部不谙心理，自以为关系亲近，对平级老领导不称职务称“老 ×”。介意被说老，未必承认已老，“显摆年龄优势，戳人无缘再提拔之隐痛”之联想或许存在。某君坦言，说若是私下轻松昵称，能接受；若是场合称谓，内心断然不受。“算是一种年龄、生理界定？”老去的感觉此前他从未有过，也未现任何衰老迹象。

有了心理定式，也就有了现实标准。认为人届中年便达顶峰，再往前走即下坡，“山顶族”称谓由此而来，徒增凄美悲凉！

人的伟大在于心力，为对抗时间，便有了以科技抗衡寿命、以精神抗衡生理的动能转换，年龄也做了生理的、心理的、社会年龄三种划分，这是对的！现代寿长，五十还是年龄上的小伙，大部分人还有三十多年生活可享。三十多年，长度超过童年至青年，更超过很多人的工龄。

“人到五十，无须担心，你尚在绽放，并未到无花之时。”说得真好！五十正盛，仅是机能体能开始衰退，人生下半场刚由此起始。

五十之后，人们习惯开始盘点过往。

对逝去岁月，大部分人未必依恋。先天不足、资源不够、平台空无之人，上半场是廉价无果的，多了付出和自我感动，少了收获和现实激动，量变积累、获取经验而已。回望上半场，一些浪费的时间、忧烦的事情真没那么重要。但经验蕴含价值，某些才智往往出走半生才能浮现，如莫言口中“晚熟的人”。星光闪烁得有时空交错，那是岁月的洗礼、命运的爱抚，时间杠杆的力量，心力迸发的馈赠！在关键节点打通任督二脉，也就带来乘数和溢出效应。

故此，假如人生不便，请假以时日。很多人步入下半场才得此便利，大器晚成，命运的恩典最终是公平的。五十岁以后，能不重要？有人还未登顶在行进，有人心系新山在热身，有人“爬上梯子发现靠错墙”再转向，岂愿歇脚？

岁月年轮，各自美好。

人到中年去细品，别样的好处赫然呈现——

首先，感觉比先前幸福。上半场的累积是你枝头的硕果，只要别和他人比较。

其次，知晓何为生活之重。《被延长的中年》的作者詹金斯对成功的理解清新鼓舞——成功并非仅以金钱权力定义，包括：享有安康，照顾好自己；拥有智慧，累积了生活而拥有辨识；充满想象，对宇宙神秘、生活琐事、生命轨迹愉悦期待；给予之心，以善心、同理心、同情心待人，提升了自己。人生的豁然开朗在于：之前汲汲于“获取”，而今学会“放下”。

第三，时间可自由支配。成人的世界由人不由己，现能做自己，有了闲暇，逐梦追求幸福。只要心态是开放的、视角是新鲜的，就能探索新际遇，发现美和乐，当然这与个人眼界息息相关。

看到这样一句话：“做一件事最好的时机是十年前，其次是现在，不要被农业社会的固有思维限制住头脑。”活在当下，立即开始，自主有尊严地度过后半生。

年龄只是一个数字，惊艳的该是故事。不仅思考“还能做什么”，更要探究“我是谁”。

人生美好，不仅实现自身之美，还内含成人之美。可找补遗憾以圆梦，可挖掘潜能着新色，还可拓宽视野逐星空，呈现新的可能、不一样的自己。潜力，贯穿生命全时段，没有先后，无关年龄。

“我是谁”才是人物标签标识，以此来判断某人，而不是年龄，就像某君不愿被人俗称为“老 ×”。也并非以“什么年龄干什么事”来限制。内心自由，尊重规律，正确挖掘，而非异想天开。比如五十岁后一定得挣多少钱。我骄傲“我是谁”，对抗年龄歧视、对年老不尊，而非年龄本身。

设计好后半生，有三种方法：第一种是理想主义，有点理想奉献，比如热心社会公益；第二种是浪漫主义，找点兴趣乐子，比如棋琴书画；第三种是创造主义，创新创造，传世人于作品，达到不朽。

人人都希望长寿，但少有人关心如何变老。

岁月积累会带来持续的成长，不假思索地老去是自甘沉没。顺其自然不迎不拒，开启心智焕发新生。

美国作家马娅安杰卢说：“在五十岁以后，我们每个人都会成为自己想要成为的样子。”我们选择相信。

但无论什么，都是生活。过好这一生，是最大的成功和幸福。

动起来就不懒，做起来就不怕

这几年，人老身懒还胆小，少了年轻时的欲望、冲劲和动能，一些不得不做、必须得做、重要且紧急的事，往往找理由借口回避推脱、打退堂鼓。

愤然悔然自省自责之余，诌出一句自勉自励大白话，也算给自己立下规矩：动起来就不懒，做起来就不怕。简短上口，便于记忆，于脑海深处印刻，希冀内化为习惯和品质，为人生下半场再添精致。

因懒惰而退缩，因恐惧而迟缓。

懒惰、恐惧和骄傲，人类的三大原罪。人的社会性，注定了必须劳动和创造，推动自身繁衍和文明进步。懒惰无处不在，人人都有，只是程度不同而已。可怕的消极力量，是阻碍心智成熟的最大障碍。

懒惰与恐惧紧密相连。

世界因信息而改变而改写而完善，但信息对人具有心理上的威胁，需要应对处置，需要付出劳作。人会本能地质疑、否认甚至无视信息的到来和存在，以免该情形的发生。抗拒源于恐惧，恐惧源于懒惰，无须为此辛苦为此忙碌。

现代人的懒，很滑稽也很矛盾，不仅仅是不想干活，而且怕这怕那，怕大环境崩溃，怕各种不确定性，但生活却过得安逸慵懒舒服，没心没肺，毫无危机违和感。

一些人惧怕改变，懒得追求遥不可及的东西，少了激情、奋斗和精神，躺平在既有状态，尤其是身处一眼就能看到头的生活。一些人贡献时间和注意力，醉心于“饭圈发电机”“饭圈干电池”（粉丝群体叫“饭”，组成的圈子称作“饭圈”），没有高级目标，只有基本需求，游戏成瘾，信息碎片包裹，娱乐至上，图刺激求干爽快活。

创造探索相当辛苦还有风险，未必得理解被支持，未必能落地成正果。很多人经年累月固守惯有思维、先前做法，亦步亦趋，不越雷池半步。信奉多磕头少说话、多请示少做主、少干事不出事哲学，求稳怕变，懒和惧心理根深蒂固，怕付出担当，怕丢乌纱、担责任、坏了名声。

《道德经》云：“天之道，损有余而补不足。”

代际间是存在“均值回归”的，故有富不过三代之说。与上一代相比，除了智力禀赋、能力情商的差异或下降之外，下一代缺少父辈的干劲、冲劲和闯劲，躺在资本堆和安乐窝里快活逍遥是主要因素。不仅懒惧不开拓，更有骄奢乱挥霍，不经风雨色厉内荏，自然不能担事扛事，公子哥、公主姐的样式无不如此。

爱是一种自我拓展和完善，意味着担纲新的责任、做出新的承诺、发展新的关系。很多人是虚假的爱，不愿也无法承受面对其间的责任和痛苦。婚姻一出现问题，便失却信心，不堪忍受当下状态，不敢展望明天前景，懒于修复重塑，只想临阵逃脱速速分离，以逃避来解决问题，却忘了心理学的经典名言：逃避问题，就会成为问题。

一些心理患者求助心理医生，每每开始即逃遁消失，不愿面对过去、触碰当下，不敢自我探索、寻求改变。心殇情坎须直面，无从躲绕回避，虽然回望触碰挖掘是痛苦残忍的。唯改变才能涅槃重生。

所以说，心理咨询是鼓励说真话的游戏，是将潜意识浮向意识层面，减少潜意识，增强意识的心灵重铸过程。

面对电子产品，一些有知识文化的老人常显笨拙一面。相反倒是绕膝撒娇的小孙儿孙女，耍起来比他们顺溜很多，成了爷爷奶奶的小师傅。

真有这么难？非也，人老惜财惧怕损毁，不敢且懒于探索所致。有多少人能弄懂用全智能手机各项功能？仅是基本功能的载体而已，其他功能浪费成摆设和产品营销的卖点。简单物件越来越多，不正是迎合方便人的懒和惧？

这世上，凡“厉害”之人都是自律自虐的人。

除去天赋异禀幸运儿，另一种便是以大量练习达成高水平的“狠人”。他们意志毅力非凡，以常人难以企及的坚毅勇毅，激发潜能潜力，锻造高光时刻，遇见不一样的自己。他们是行业翘楚、是悟道得道、是心力接天。

《道德经》告诉我们，凡事能成，皆因守其规律，反之亦然。贾平凹说过，多少人一辈子无法觉察并发掘自身潜能，注定芸芸众生。

反观自己，年少无知，年轻轻狂，不愿不屑自身的核心优势，弃而不用，趋向不擅长、无资源领域，惰而不规划，惧而不精进，定然难以建树。

幸而这两年自我觉察，学会孤独，克服享乐，工作之余沉浸学习读书写作，启心力挖潜能，未想开枝散叶，但求找补。尤其是读书，与作者高纬度神交触碰，契合心智，震撼心灵，酣畅通透。优秀的作家总能看到常人看不到的东西，虽然高处不胜寒、灵魂孤独，但清醒睿智、输出思想是快乐的，我认同这种快乐。

世俗过往，往往低纬度，还得时时顾及规则、讲究心理、凸显利益，说笑解闷、段子取乐、娱乐消遣、口腹侍弄、嘻嘻哈哈最合适不过了。

还有我那持善精进、直直向前的妻儿，绘画舞蹈、创新工作，他们勤劳果敢，也是慧智的。人要厚爱自己，尘世养身，精神养心，灵魂的幸福是最大的幸福。

其实，人总得迈出自己的那一步，不懒不惰、不忧不惧，跨出去也就现身在路上了。不然总给自己画圈，永远是犹豫徘徊。

唯一让人恐惧的是恐惧本身，让人懒惰的是懒惰的心。

秩序苦累却向往

看电视节目《十三邀》。采访演员俞飞鸿，说她身上有秩序感，不慌忙骄躁，读书观影旅游拍戏，宁静清澈、温润坚定做着自己。

我也是一个秩序感较强的人。凌乱于我是压迫，“未完成”是拥堵，不喜也不善逼仄无序。

办公室未必多干净但一定要清爽，工作时文件资料可满桌摊铺，晚上下班时必拾掇整洁不剩一纸片。

很抵触团队的游离哄乱无序态，有机会或在其位便想革新改变。行事讲个计划章程和大致框架，虽然细节未必多加注重。

对事物有序、规律和整洁的认知感知，谓之秩序感。以自律自提高打底，与正义道德信用感捆绑相连。于个体，能让人内心稳定，不会飘萍般游移，你就是你；能提高做事效率，增强对外物的掌控，成长成就。于社会，有助于维系稳定，保护环境，推动可持续发展，这是它的好处。

坏处是，你对一些原则规则的坚持坚守，对旧秩序的打破、新秩序的建构，势必伤及他人。比起随心随欲的不羁洒脱和随时行止，秩序感要负重负累很多，是一种自苦性格。还会因对现状不满，易产生心理冲突，需及时自愈疗伤。

性格是过往的烙印，与我摩羯座性情有关，讲逻辑机械刻板，底层生长经历，老实平实慢慢前挪。那些年的新闻把关检查，与强迫思维怕错纠错有很大关联。自己不喜也不讨喜。

只是有序和无序乃万物形态，远眺历史有“秩序美”儒家鸿篇，展望科学有“熵增定律”现实警醒，我们回避得了吗？

仁者爱人、内存仁心、外合乎礼，是创设造就秩序美，儒家思想重要的主题主线。自然层面，智者乐水仁者乐山，人与自然和谐共生；社会层面，超越狭隘之功利，于社会有用有价值；情感层面，发乎情止乎礼，情感合乎伦理道德。

故秩序之美，首先得是规矩规范——治的状态、美的家园，能理事管事、得把控掌控，意味着明晰的目标、清晰的规则、担纲的角色、受领的任务、达成的结果。其次才是有序的性状，给人愉悦价值，示人建设生长、向上的生存本能和明天希望。

“人活着就是在对抗熵增定律，生命以负熵为生。”著名物理学家薛定谔在其著作《生命是什么》如此说。

无序程度的量度称作“熵”，熵值越大越混乱。生命和事物的美好向光，需是负熵的过程，负熵越高越有序。

心智成熟才能赢得岁月年轮，艳压过往。

不后悔！秩序是大美，虽苦累却向往。

以成长取代固守，以增量壮大存量，以学习走向未来，对抗熵增打破无序，输入能量律动生命。

秩序源于自律。建好秩序，自律是必由之路，既包括内在秩序，也包括外在秩序。内有法度，外有章法，实现和谐统一。

人是依照美的规律来造型的。

虽然《论语》有言："用之则行，舍之则藏。"也就是穷则独善其身，达则兼济天下。无论穷达，得有这份情怀境界、责任操守来善其身济天下。先精进自己，继而精进别人、精进团队、精进环境，包括精进自然、精进社会，有益社会。

秩序的本质，是文质彬彬，向美向善，精进提高。

走访失独家庭

2022 年 5 月，一心理咨询师朋友带我做志愿者，走访农村失独（失去独生子女）家庭。

她们五位心理咨询师，在几位村妇女主任的带领下，分头走访某镇的失独家庭。任务是：送上慰问品，转达政府的关怀，了解眼下境况、存在的困难及需求。

当场填表做登记，并邀请参加之后在镇上举办的活动，大致内容是：面对面心理咨询、失独家庭交流交友、开朗乐观家庭分享个人生活等。临走时会一迭声嘱咐对方：到时候会电话通知，要来啊，大家一定要尽可能参加！

早晨六点出发，驱车赶到镇政府门口集合，合影后分头行动。整整一天，我和朋友一组，拎米拎油，走访了十三户家庭。

春色正盛，乡村寂静，几处狗吠。

原因各异，都是一把辛酸泪。他们的独生子女，有的很早夭折，有的成人后亡故；有因夫妻关系不好喝农药自杀的，有为钱财被谋杀的，有捕鱼触电网的，以及车祸身亡的、病故的，等等。

一个五保户独居老人。兄长给他两间低矮平房，收拾得很干净，中堂张贴毛主席画像，亲切显眼。唯一值钱的家当，是一辆较新的三轮车，恰如他向前的生活。他中气十足，告诉我们，术后体内接了管子，当初医生告诉他只能活个几年，但现已超预期好多年，边说边拿出病历给我们看。“现在身体又不行了！”话虽如此，但丝毫感觉不到他的半点恐惧、丁点绝望。

一独居老太摔断了胳膊。侄女将她接至自家敞亮的楼房照顾。我们到来时，她刚被亲戚从医院接回，另一帮亲戚在院内簇拥迎接。院内有棵粗壮的银杏树，墨绿着春，枝繁叶茂，亲情在枝头荡漾。

一老妇人。每天接送孙子孙女上下学，家中还有不愿改嫁的儿媳，以及已显年老、有时不识路的老伴儿。儿子在世时供职的企业主给妇人打气：一定要扛起这个家！妇人以此为念，坚定执着。巴巴地告诉我们，她会的，多挣点钱给孩子，还会像待女儿般善待儿媳。“儿媳说啥就是啥，我会依着她。”

狂躁的狗吠声中，一身穿睡衣、倦容孱弱、单眼半睁的中年妇人机警地打开院门。儿子婚后捕鱼触电网而亡，儿媳带小儿回娘家改嫁。她说自己糖尿病致一只眼失明，还有抑郁症。“认真吃药呢！”她骄傲地告诉我们，并拎出药袋一一指给我们看。珍爱生命，主动求治，真好！

一个老头。家中墙上贴着重孙的两张小学奖状，那是孩子的骄傲，更是他的骄傲、他的寄托……

上有老下有小，或是两者有其一，便有了牵挂和念想、希望和责任，更有了激情和憧憬、阳光和明天。走访中，我们深切感受感动这点。问及困难，很多家庭说没有，他们感谢党和政府的关怀，“我没做什么贡献，政府能这样待我，真的很感谢！”虽是灰暗底色，但阳光充盈，生活有了绿色。

斯人已逝，活着的人还得好好活着，虽然残阳如血。

但也不尽全然如此。

一户人家，上无老下无小，就五十多岁的夫妻俩。正在吃午饭，伙食简单，没有荤菜，男人举杯小酌。我们为自己的贸然打扰抱歉，主人认为无碍，于是我们坐下访谈。提起逝去的孩子，妇人当即泪眼婆娑，我们心头微颤，很是不忍。男人语气幽暗，说自己每天要抽三包烟。我们建议他少抽点，可以喝点酒。他一声幽叹：“没办法！原来也不喝酒，现在每天得喝。”末了又是一句“没办法！”

沉默。女人仍在抹泪，该是常态、习惯性的悲苦泪水。男人继续开腔：“我和老太婆说，我俩谁先死谁走运。一个走了，另一个谁来照顾？到时候，自己爬到河里去！”“什么都没有了！谁叫你命苦呢！只有爬到河里去！”扎心窝的幽怨。生活无望了，生命岂不绝望？我们无言以对，感觉怎么表达、如何劝慰都不合适妥当。男人肆意说着，不顾及妇人的感受。妇人一言不发，未有任何劝说和反应。

走访结束，各组会合，梳理各户情况，列出亟须协调解决的事，比如孩子要读职高、上户口读幼儿园，以及捐助旧衣、帮助卖猪，等等。

朋友说，每次走访都会感受强力的心灵冲击。我们内心都有柔软的部分，或许在职场太久，这份柔软释放不够。给予爱，温暖了别人，更暖和了自己。这样的走访，要经常，要常态。

天阴暮迟。广袤田野小麦青黄，油菜籽饱满。

第四章 人格债

人格债

选择“熟悉”，还是“舒适”

A 是个厚道人，自我价值感不强，待人接物有点㞞，讨好型人格。

对于自己不喜的人和事、有意无意地冒犯和不恭、不公正的待遇和侵害，能忍则忍，从不及时表达自己的不满和想法，既没这个胆量，也没这个能力。

㞞归㞞，爆发起来却是火山般，一股脑儿直喷对方，不管对方是否受得了。过后又很懊恼，会比较容易低头认错道歉，典型的两个极端。A 坦言，自己也很不喜欢这样，但半辈子没有改观。

溯其根源，A 说，他的父亲便是这种性格：不吭声的忍者，息事宁人地受着，实在受不了便狂风骤雨地倾倒着，事后做错事般后悔着，而且还周而复始地循环着。

“大多数人选择熟悉感而非舒适感，尤其是在压力下。问题本身不是问题，应对问题的方式才是问题。”心理治疗师萨提亚说。

很多成年人的问题和困扰，并非由当下所处的环境造成，童年时家庭的影响和印刻是问题的根源。

幼年时学会的、熟悉的、习惯的应对模式，早已内化于心，隐藏在潜意识深处，“老朋友”般闪回重现，悄无声息地掌控着人的心理和行为。一到那个点，便自发走向“熟悉的路”，虽然这个“不舒适感”是他（她）痛恨的、不擅长的。

熟悉的印刻，我们认真检视、好好梳理过吗？如何解决？

萨提亚给出温情的钥匙，“天气报告”式家庭沟通工具——

表达你的感恩和感激；说出你的抱怨和建议；讨论你的困惑和疑虑；交流你的信息和资讯；提出你的希望和期待。

一个家庭民主平等，没有防御猜忌，彼此交心交融，在安全信任肯定气氛中，表达感激、说出抱怨、讨论困惑、交流信息、提出希望，浓情似水有效沟通，无长幼尊优角色差异。

你的无礼伤了我，我的应对更伤了自己

俊美的 B 光荣退休，自此闲暇慢生活，另一种生活方式。

她深得母亲的舞蹈禀赋，跳广场舞休闲便在情理之中。每天晚饭后，她和几个女伴相约，练习各式优雅、颇有难度的古典舞，上学般认真。既打发时间、强身健体，又习得才艺、结识姐妹，她自是珍惜用功。

C 很显眼，“自信”自己的舞艺。舞蹈时，始终走在前、

排在前、跳在前。不仅于此，她擅长的，大伙可多跳；她不擅长的，动辄愠怒撅腚，行色外现。大姐大的模样，自我中心的表现，人际边界感不强，这是大家的印象。

日子交替，郁结的块垒、不快的靶子在众人心头暗生。

善良正直的B按捺不住了："凭什么总依着她？"话一出口成事实。情绪宣泄了，脸面撕破了，C被得罪了，B的心情也灰暗了。

那天到家后，善良的她很是后悔，虽有几个姐妹打来电话声援加宽慰，但B还是一夜未睡好。事后，B主动示好修复，给C送去亲手采摘的时令鲜果。

从心理学的角度，捋一下内因和本质，有三个点需关注：自我价值感、人际边界、"界限"的解决方案。

自我价值感低的人，安全感相对也低，会急于自我防卫。

携带着机关枪，准备了小飞刀，只要进入那个场景，触碰到那个点，便会随时扫射靶心、扔出飞刀，我们常说的"怼人"便是此种表现。

自我价值高的人，则不受外界过多的影响。

所谓评判，究其本质，其实是我们自我的评价、自我的认同、自我的态度，而非他人。

高自尊水平、高自我价值，内心充盈、底气充足，对外物采取的是尊重的忽视、中性的平视，所谓云淡风轻、不起波澜。

"界限"的雷达一旦失灵，也便有了肆意妄为。

缺失敬畏，模糊边界，没有秩序和框架，何来温良恭俭让、仁义礼智信？有些人虽是中年，沉浸心底的却是孩童的边界。重新学习界限，对于他们是认知的裂变、艰辛的涅槃。原谅他们，非本性使然、刻意此般，而是骨子里的无知。

“响应”而非“反应”，两者迥然不同。

一个常见的话题：自动化反应带来的恶性循环。

别人说了什么、做了什么，能对你造成很大伤害，那时那刻他（她）实际上已控制了你，同时你的界限也消失不见。

受对方的影响而“反应”，他们就拥有了控制权。

如果你选择的是“响应”，控制权便在自己的手里。

改变自动化反应，是人生很大的修行。

痛苦的折光，照见幸福

记忆中的童年真快乐。

那时傻呵，啥也不懂，啥也不念，无忧无虑地快乐着。

疯玩是主题，因陋就简、就地取材，随性的嬉闹打斗、无厘头的取乐模仿，随时随地从胸膛迸出的欢声笑语。露天电影是恩赐，天麻麻亮的心心念念，落日斜阳的地盘争抢，第二天沸腾的情节回味，持续几日的鼓噪演绎。没有学业负担，没有考试升学补课压力，虽然生活拮据，但压力是父母的。

只是上初中后，就告别了这种快乐；感觉此后，就未有过此般酣畅淋漓的快乐。

“人生苦难重重，这是世间最伟大的真理之一。”被誉为我们这个时代杰出的心理医生斯科特·派克认为。

生与死、善与恶的交织，现实与理想、情感与欲望的交互，以及好的、坏的、不好不坏的中间地带三种生活常态的交融……生活有时就是这样，你渴望异常、望眼欲穿、左冲右突，不管怎么努力，就是没有想要的结果；你厌倦不想了，真心看开放弃了，却喷涌而至，不想要还不行，只能接招。

规划之外所发生的一切，便是你我的生活。

我们总是生活在不确定的中间地带，令人焦虑，使人痛苦。很多人不愿不会不甘正视人生之苦，由此又平添派生新的痛苦。

人生本苦，悟其真谛方能释然，不再对苦难耿耿于怀。

能否面对问题和痛苦不逃避，谓之成熟。不够成熟的特征：坐而论道，牢骚满腹，怨天尤人，自认为是世上最不幸福之人，而别人都幸福美满。殊不知任何光鲜的背后，是心酸的踔厉奋发、勇毅前行。

逃避问题和痛苦，是人类心理疾病的根源。不解决问题，就会成为问题。不管愿意与否，周详成熟的必由之路是承受痛苦。何以承受？

承受积极之苦，规避消极之痛。

痛苦分两种：积极的痛苦、消极的痛苦。

积极的痛苦，称为“存在性痛苦”。

不管是否愿意，它都客观存在，挥不去抹不掉，逃不脱避不及，必须承受、面对和解决。可因无心无力无奈，假以时日慢慢消解；可以调动一切资源，以雷霆之势立除；忌漠以视之不管不问，因为不解决问题，就会成为问题。

消极的痛苦，谓之“神经官能性痛苦”。

因不正确的思考、错误的认知，瞎想猜想、多想乱想妄想，甚至猥琐、小人心思地想，虚幻的、被放大的、没那么严重的、根本不存在的痛苦。比如因孩子离开身边而坐立不安、诸般担心，甚至为未能照顾孩子生活起居而自责等。

存在性痛苦能促进心智成熟心灵成长，一如王阳明的

“在事上练”以及苦难兴邦、宝剑锋从磨砺出等事理，但太多的神经官能性痛苦则妨碍了我们的生存。无论何时，感受到心灵之苦，必须自问：存在性的，还是神经官能性的？

承受积极之苦、规避消极之痛，就是趋向幸福。

何谓幸福？幸福是一种感觉、一种体会、一种心境，一种自我需求得到满足后的喜悦。幸福是物质的、社会的、心理的，是三者的系统综合。幸福更是哲学的，是感官层面的外物感知，具象凝结；是思想层面的内化印刻，抽象凝练，具有狭义广义的外延之分和内涵比较。

关于幸福，万人千解，几乎无解。个人认为，幸福由两件事构成：做自己擅长且喜欢的事，和自己喜欢且喜欢自己的人在一起，不管男女老幼，无论身份行业。

从小到大，我们不太注重教人如何幸福，幸福取决于我们是否能够重视自己。

每天睁开眼，是仅想着“今天该做什么？”还是纯粹的“今天该怎样快乐？”两者相结合才是正着正解。对自己好点，当物质层面得以不同程度满足，精神家园如何修葺？行走世间，我们为世俗标准、现实物质、个人追求所裹挟，奋力向前奔走。闲适恬淡、诗酒味茶，对职场商场官场打拼人，恐怕只能是奢侈品。

活着+忙着+有着+修着=活得好=幸福。不“忙”没价值，不“有”没成果，不“修”没幸福。我们努力“活着”，拼命“忙着”，不断“有着”，却疏于“修着”，何以幸福？该怎样修？很简单，把自己定位好，每天盘点解决好三个问题：我是什么？能做什么？该得什么？也就不纠结了。

推荐萨提亚的“爱自己的8个维度”。

把人和“问题”分开，重写“支线故事”。

人活着是被欣赏，不是被批评的。心理学表明，人的所有行动无一不是为了证明自身的价值和存在。

芸芸众生，以传统和主流价值标准衡量，成功成就显赫者毕竟凤毛麟角。追求幸福和快乐，是生命生活生长的终极目标。存在即合理，我就是我，不一样的烟火。忽视淡化抛开令人不快不满甚至使人自卑的“主线故事”，挖掘构建重写自身潜在向好独特，乃至有别于传统和主流价值标准的“支线故事”，个体的价值才能被挖掘凸显。

——一些不合理的信念、认知内化于心，从未被发现和质疑，成为人们所谓的“问题”。

——挖掘出来，与人分开，“问题”不等于我，我不等于“问题”。

——找寻自己的资源和特质，那个“能量点”：自己价值观认可的，人格适配的，认知、兴趣、资源和能力范围的。之后，引领自己走向更高的台阶。回过头来看原先的位置和想法，之前的“问题”将不再是问题。

——徐徐拾级而上，攀登不上可往后倒，然后再次向前，就像汽车驶出泥淖，路径不对还要重新探路。复杂深奥的道理，都可用简单的物理、自然现象来类比。

写好自己的“支线故事”，形成新的自我认同和自我价值。

现在的你看过去的你，未来的你看现在的你，将是怎样的感觉？黑暗中找到一抹亮光，照亮前行的路，那便是幸福。

人是高级灵长类动物的进化。动物动物，会动之物。从原始基因角度，人在奔跑中逃离恐惧，在奔跑中追逐猎物。所以，努力保持动的状态，动起来思考，动起来做事，动起来运动。动起来使人活力朝气，多巴胺使人兴奋快乐，寻梦逐梦使人治愈开怀。任何心理上的问题，都是体质体能上的孱弱。

所以，热爱运动。

附：萨提亚的“爱自己的8个维度”——

1. 身体维度：爱自己的身体。累了休息，饿了吃饭，紧张了运动。

2. 智力维度：照顾好自己的智力。多读书以博学，多思考以睿智。

3. 情绪维度：照顾好自己的情绪。用合理的方式表达或宣泄，而不是一味忽视和压抑。

4. 感觉维度：爱自己的感官。用所有的感官接触真实的信息，丰富内心世界。

5. 互动维度：爱自己的互动。采用健康的方式与自己、他人互动，感受彼此通透和谐的能量。

6. 营养维度：给自己需要的营养。合理饮食，按时吃饭。

7. 环境维度：给自己舒适的环境。调节温度、光线、颜色、时间，滋养在适宜的环境里。

8. 灵性维度：爱灵性的部分。修行静心、陶冶情操，感受超自然的力量和觉悟的状态。不再执着于事情，不再从外在寻求认同，而是直指生命的核心。

焦虑的钟摆

适度焦虑，生活养料；过度焦虑，心魔绞杀。

一位二十岁出头、大学毕业工作不久的女孩，不断被催婚被相亲。心仪对象一时难觅，女孩不将就。继而被相亲不停歇，过家家般。终生厌烦，“我干吗要结婚?”口头禅渐成潜意识，逆反相亲成决然。

同此一遭。很多大龄女孩，最后恨嫁不嫁，母女相恨，父女相仇。

谁在焦虑？父母在焦虑，错爱扭曲了心绪。当然，未必全都如此。

美国心理学家伯尼斯·钮加藤提出“社会时钟”概念：什么年龄要做什么事。

年龄被演化成标尺，到那个点就要干那个事。偏离此时钟，衡尺的丈量、异样的眼光、杂七杂八的声音便会环绕，不间歇、各场合。将就者妥协了，不耐受者抑郁了，撅腚梗脖者继续逍遥……

时钟裹挟，同圈攀比；钟摆肆意，当当作响，你不焦虑谁焦虑?

都说世人紧张，只为碎银几两。无处安放的焦灼，充满着饥饿。

扑棱的岁月，是高处的肆意，中端的不甘，还是低处的无奈？是得意的忘形，寡淡的游走，还是失落的哀伤？人性世情，终是无法逃脱华彩荣光。

生命的成长相伴焦虑。

焦虑的底因，是内心的恐惧。

我们害怕疼痛痛苦、孤独失败，害怕未来的不确定性。不确定，就会带来焦虑。知其然，知其所以然，通透了何来神秘？没有神秘便没有恐惧。未知、未真知周知、未详知深知，不能谓之知之，草率思考使然！

“问题”会带来烦恼。

深入思考 = 长时间与问题相伴 + 忍受问题带来的烦恼和焦虑。

因懒惰和恐惧，人们不愿深入思考，设法尽快逃离便在情理之中。草率思考由此产生，继而引发认知偏差、理念错误、主观偏见和盲从心理。

习惯偷懒，草率思考，按套路生活，不质疑“准则”于己的适用性。为与社会合拍，便会异化为“猎物”。如同圆形人，亲手将自己塞进方形洞，扭曲和痛苦成为必然。

没有很好思考的人生是不完整的人生。委屈了本心，生活于你只是盲从无奈或是无知。

心理学认为，人生绝大多数问题，都是内部思考方式的问题。思考方式的草率、混乱乃至缺陷，导致外面的问题接连不断、困难重重。所有的精神失调、人格失调均由思考的草率和混乱衍生发展而成。

拒绝草率，学会深入思考。不仅于此，还得正直思考。就像说自由必讲责任、谈权利必讲义务，一个观念具有矛盾性，便具有正直的成分，蕴含事实的真相。

持偏见者不接受矛盾，未从整体上正直地思考。相拥两种冲突的观念，是对矛盾的最高理解和睿智把控，谓之灰度思维。

焦虑不会从生活中消失，只会消失在生活里。何以消解？唯有自律和爱——

把命运交给命运。电视剧《沸腾人生》中有这样一句台词："山海自有归期，风雨自有相逢，万事终将如意。"令人泪目而鼓舞。舍弃掌控一切的想法，无可奈何时平和适应、积极寄托。假以时日，任何苦痛都能笑着说出来。

低配你的人生。"最好的生活状态是低配你的生活，高配你的灵魂，把生活调成自己喜欢的频道。"杨绛先生如此说。有多少胃口吃多少饭，高配不了便低配。低配人生，定能自得其乐，乐人乐己也就乐了生活。过眼滔滔云共雾，惆怅岁月静心绪。人生百年，遗憾多少英雄，莫争渡！

畅通心灵的出口。万物能量守恒皆平衡，有堵必有疏，闭合必开启。情感必须宣泄，宣泄要有出口。这个出口，之于外界，非知己爱人亲友莫属；之于自身，因地制宜因人而异，适合便好。人这辈子，若想生活不迷茫、内心不走失，灵魂和思想必须在路上。

读书之功效，不仅于增思想长知识冶情操，实乃"三观"确立、问题求解之方法论。你所困惑的症结、执迷的泥淖，总能在适当的书卷找到治愈的影子、助解的联想，尤推历史人物传记。事物规律恒定，万变不离其宗，人事芸芸总是惊人相似，换了一层面纱而已。所以，热爱读书，学会读书，依赖读书。

创作（书法、撰文、日记、绘画等）是对生命的尊重：心灵的对话、思想的积淀、心绪的疗伤、负压的释放……留下的是创造，充盈的是阳光，敝帚自珍美家园。

选择运动是修行。得意时欢快奔腾，失落时疗伤平复，受挫时可选运动。拼力勃发吐郁气，成就重量显气概，何等王者归来英雄气！多巴胺使人愉悦，英雄气催人振奋，低迷能几何！健了身也就练了心。

由时由势由事不由心，人是阶层际遇和平台的产物。达则兼济天下，穷则独善其身。你未必能为社会做多少事，但你能为身边人做很多事，能为自己做更多事。读书思考工作运动爱好相融，意识潜意识贯通，身心生活日常脉动，提升思想，升华心智，凝练功力，锻造不一样的自己。

人生的精致由己不由他。

可为碎银几两醉，不为斗米折腰碎。可为体面而扑棱，不使尊严被折腾。如此，不负如来不负卿，不负生活不负心。

人生唯一的安全感，源于充分体验人生的不安全感。

一旦心智得到扩展，永远不会回到从前的限制。

介入痛苦，抽离焦虑，学会“用一只眼睛哭泣”。

留一只眼睛看自己

“造物主按照世上的需要造物，物是不知道的，都以为自己是英雄，但是你是勺，无论怎样地盛水，勺是盛不过桶的。”贾平凹灼见。

人是有位置的。

何处来，此后去，最后那个“方位”，都是形色各异系列位置的更迭交替和叠加。人生所期所盼所向所行，一切的一切都是在寻找自己的位置。不断定位、接续找位、适时换位、及时补位、最后归位，构成了生命历程。

人生兜转。清醒“自我意识”，能动“自我觉察”，留一只眼睛看自己，妥帖妥放妥了你的位置，你便是你的英雄。

那年，李受命任职一小部门负责人。三四十号人，麻雀虽小，五脏俱全。

“你这人让人爱，也让人恨。”同事A当面如此说李。李不快，默然。说这话的人感性，有思想善文笔，特立独行。

李是文化人，正直厚道感性。到任后，他以亲和人文的姿态，本色工作，要建一个精神家园。致力“秩序体系，员工价值”目标，以人为本，建基础抓规范，补短板设跑道，一改先前的颓势，营造了自发自动的氛围。半年不到，成效颇丰。

不过大家很快发现，李不是个“好好先生”。他讲原则，注重秩序，有时情绪化、简单直接。有的员工今天答应的事，明天一大早就上门反悔。“想试探，没门！”对出尔反尔不守信、没规矩瞎闹腾的员工，他一改平时谦谦君子状，干脆利落直接拒绝。善听不全听、商量不轻信，小事可将就、大事不含糊，是他的风格。

“不可以谁都能直进直出我的办公室！会哭的孩子一定有奶吃？”他讨厌低门槛，更不屑“谈判政治”。“照顾情绪面子，我会理会每个人；无关紧要的小事，我可以迁就，哪怕屈心，但凡事要讲个度。”“员工相当于自己的孩子，能满足的、可满足的要尽量满足，但不能没个原则、坏了规矩。”

他搞了个思想讲堂，灌输这些理念。他说，秩序和风气是一个单位最大的生产力，比短期的经济效益重要得多。秩序风气不好，效益长不了也上不去。见善不欺，见恶不怕，领导要圆通，但不是圆蛋，更不能圆滑。大家敬他爱他，有点怕他。后来，李调离他就。

A 的评价是中肯的。剖析李，属“自我型人格”。此型人优点明显，气质独特纯情真挚，心地善良有同情心，富想象创造力。缺点也明显，自我中心爱幻想，过度自我自视过高，情绪起伏大，封闭自己不自信。

职场辗转，沉沉浮浮，阅历使人立体饱满。多年后想起该同事的话，李感慨：“慧眼啊，这个评价我满意。”说这是他入职以来“最高、最中肯的评价”。无疑，李是自我反省的。

张这次没有升官。意料之外，情理之中。“单项冠军型，做工作一把好手，但官场综合素质还需历练。”张的朋友这样评价他。

统筹对上对中对下，做全了做美了是好领导，做精了做轻松了是优秀领导。

张是个技术流实在人，有才有德，好学肯吃苦，专注做事，领导基本功不在话下，工作成绩可圈可点。搭好班子、授权分工，有所依赖、掌握全局，适度监督、发现苗头、不管之管，“对中间”这块儿做得不错，但对上对下却不尽然。

对上，有英雄性。好胜心和上位心切，急着想做事，急着做成事，沉不住气并表现出沉不住气。系统内常年第一、多项冠军，却与顶头上司吻合合拍较微妙。做事做人很好地协调，是功力水平、常识规则，任何人任何事任何时背离此，必将不能圆融通达。

对下，呈紧绷性。和气生财、恰当推拖拉，以柔克刚、笑对诸事参得不透。自身水平高、对人要求严、律己律人的个性，使得他陷于事务，紧绷身心，喜怒形于色，经常一副不满意状。自己辛苦，别人紧张，大家敬他畏他糊弄他。

张属“成就型人格”。能力突出富上进心，充满活力，渴望成功不服输，行动力很强。但好胜心切，爱出风头，爱与他人比较抢功劳，工作狂，目的性强。张后来调离，仍是此般特点。

何谓自我觉察？心灵之力与自我意识紧密相连，自我意识发展的最高阶段便是自我觉察。

五岁前是形成自我意识的第一阶段，青春期进入第二阶段。一般人止步于此，入乎其内，身在庐山中，停留在物质层次。一些幸运儿，不囿于懒惰和恐惧，发乎心力踽踽前行，在事上练，在心上磨，探索事物本真、生命本原，发展出自我觉察和“观察性自我”。

他们发乎其外，从自我中抽离出来，观影般旁观自己。观察自己的思绪行径、喜怒哀伤、焦虑恐惧……经久的自我观察，他们诧异自己的变化：之前一些强烈的情绪开始衰减消退，不再局限于自我的泥沼，心胸格局渐次开阔，越发豁达淡定从容。在自我觉察中超然，在超然中超越。

林清玄说：“很少有人能回观自我，品赏自己心灵的梅香，大部分人空过了一生，也没有体会到隐藏在心灵内部极幽微，但极清澈的自性的芳香。”

“美美地提升品质品位、充盈内涵，包括生活的、仪表的、健康的、爱好的、才具的，是人生下半场的精致。”五十岁出头的老宋说。

“年轻时可通宵达旦，现在你没这个本钱；年轻时可不修边幅，现在你没这点身材；年轻时可倦怠少动，现在你得折腾运动；年轻时可委曲求全，现在你得挺起自尊的脊梁；年轻时可轻狂无知，现在你得涵蕴沧桑；年轻时可搏击长空，现在你得且行且珍惜。”

老宋还说：“三十岁爱吃的是鱼肉，四十岁兜转的往往是应酬，五十岁乐呵的该是素简……”

“三十岁受命于完成，四十岁致力于前行，五十岁倾心于帮助。人生，重在成长和转型。”

用美思维，以清欢心，便是灵魂飘香之人。那是灵性的层次、精神的层次。

生活不可预期，无常不可预测。一切过往皆已友，透过烦恼识自我。

留一只眼睛看自己。

心向光明，怒可阑珊

心理学家弗洛伊德说，人类有两大本能：生存和发展的本能，摧毁和杀戮的本能。前者是生本能，后者是死本能。

洛克菲勒坏脾气摧残身心，以至于五十三岁那年无法用正餐，靠少许饼干酸牛奶充饥。

张飞性暴，动辄怒打部下出气，后熟睡时被部下杀害。

扁鹊有“六不治”，第一条便是不治骄横肆虐之人。

陈友谅势盛，却脾气坏，朱元璋终以少克之。

刘备谨慎，闻听东吴得荆州杀关羽，气急兴举国之兵讨伐，兵败气绝白帝城……

对生命、真善美的破坏和戕害是死本能。坏脾气是死本能。

人脑有兴奋中枢、抑郁中枢、愤怒中枢之分。

动物世界，为领地争夺、家族庇护、交配权行使引发的殊死搏击残暴血腥。愤怒中枢的作用机制，人畜相同，遵循“领地划分”法则。领地被侵犯，愤怒即喷发。

有别于其他生物，人类的领地除去地理、心理上的领地，更有意识形态领地。很好地应对愤怒中枢，常人常态三四十岁，很多人终其一生无法驾驭。

人脑又有情绪脑、理智脑之别。

信息传入大脑，分两条路径送往不同区域。两条路径长短不同，短的通向“情绪脑”（结构相对简单的区域），长的通向“理智脑”（精密复杂的区域）。信息接收速度，情绪脑快于理智脑。所以，情绪总是在先，理智在后。

愤怒，情绪的一种，正常的情绪反应。情绪可有，不可过度，过之则成坏脾气。愤怒不等于坏脾气，有句话很经典：可以表达愤怒，不能愤怒地表达。

坏脾气后天习得。

相较动物，人类的本能传承少之又少，多为后天影响、模仿观摩。急性子、常焦虑、悲观者、好面子、自负型，易生坏脾气。原生态家庭的印刻是关键，父母或其中一方属上述人格类型中的一种，或数种兼有，注定是坏脾气的承载者和传播者，如生龙活虎般的教练员陪练员。

即便是一些领导干部、身价连城的精英、外表光艳的职场中人，有的视下属如便器，肆意排泄倾倒臭脾气，其实他们很可怜。父母给予的压抑、骨子里的人格失调、成长路上的艰辛屈辱，难以自控霸凌匪气。权力优越感、价值自恋感更不屑自我观照、自我体察，他人的悲欢怎愿相通。

坏脾气，源于自身无力无助。

和顺致祥，万般皆美好；逆心逆境，诸般毛病全爆发，人性深处的恶也蠢蠢涌动。潜意识里对无能为力的恨、对己身不完美的怨，包括比之不及的憾，化为情绪发泄求平衡，开启的是自虐程序，承受的是精神负载。

坏脾气，本质是利益受损的抗争。

伤了自尊、损了收益，与己不合心意、添了麻烦。基于对利益损伤的不当认知和衡量，触发了愤怒，引发了脾气。

坏脾气，底色是幸福感不强。

春风得意马蹄轻，欣喜荡漾时、欢乐满怀状，坏脾气是被清零的。即便有，也是稍纵即逝，也能快速切换，留存缓发。

坏脾气，是力量感的心理暗示和驱使。

彼此力量对等产生怒，力量很逊易恐惧，力量强势催脾气。坏脾气，是自以为强、自以为胜、自以为披靡的骄横张狂。

坏脾气，思维形式太直接。

坏脾气者多炮筒、修养不高，第一时间压不住性子，一触即发；直来直去思维，第一反应不会迂回，迎着问题和对象就上去，一碰就跳。

坏脾气，思维方式太消极。

坏脾气者多恐惧，心孱弱，惊慌失态，性情慌乱生扈气。坏脾气者多焦虑，多想乱想瞎想猜想妄想，歪了本原、偏了本真，负能量过载、负情绪充盈，一座活火山。坏脾气者多抱怨，怨天，所谓环境不公；尤人，判论他人不善。坏脾气者多狭隘，气量不足，豁达不够，管窥事物，叶障人理，不能以发展的辩证的联系的视点推己及人、演绎周遭。

太极分阴阳，凡事皆辩证。各执一端，主流为上，主次为重。不放任坏脾气淹没，引导坏脾气高光，是辩证法和方法论。

好脾气，并非“好好先生”安逸状、平庸态、散淡心。面对急难险重、非常时非常事非常人，敢于冲锋陷阵、担当作为挑大梁，见党性见人心见性情，这是有血性能斗争“坏脾气”的正能量，绝非庸者“好脾气”可比拟。

愤怒是情绪，易怒是特质，狂怒是病态。

心理学家荣格说，一个人毕其一生的努力，就是整合他自童年时代就形成的性格，治疗他在早期所染上的所有愚行、偏见与错误的想法。

自我反省，自我觉察。知其何以然，知其所以然，知其所必然。是以知耻而后勇，改过而自新，解构得重建。

控制坏脾气，说白了就是自我疏导、自我劝说、自我接纳，追寻幸福。勤于思考、改变认知，提升素养、提高素能至关重要。正如作者前面文章所说——

《人格债》：面对外界，提高自我价值感，划好人际边界，选择舒适的应对模式，响应而非反应，学会与人和平相处减少冲突，压降坏脾气。

《痛苦的折光，照见幸福》：逃避问题和痛苦，是人类心理疾病的根源。不能解决问题，就会成为问题。把人和“问题”分开，好好爱自己。承受积极之苦，规避消极之痛，趋向幸福、追求幸福、珍视幸福。

《焦虑的钟摆》：避免草率思考，学会深入思考、正直思考，克服内心的恐惧和焦虑。不为“社会时钟”裹挟，不与外界同圈攀比，畅通心灵出口，把命运交给命运，低配人生，以一颗平常心面对诸多不确定性。

《留一只眼睛看自己》：人是有位置的。清醒“自我意识”，能动“自我觉察”，留一只眼睛看自己，妥帖妥放妥善了你的位置，你便是你的英雄。

放松，学会笑，会笑的人儿运不差。

善待自己。

心向光明，怒可阑珊。

第五章 酒的心理罪

酒的心理罪

（一）

喝时好过，喝后难过，还是不该此般过……这是我半生喝酒的感受和写照。

虽然酒量一般，酒精分解能力一般，酒局捭阖能力更是一般，但骨子里对酒依恋涓流，幽淡却难舍，戒酒的念头从未闪现过。知识分子性情，兼有一点感性豪放，与“把酒向天歌”的辽阔胸臆和美好希冀是契合的。享受那种熨帖，就像妈妈的怀抱，抱持馨香，安全曼柔，心底深处的脐带永远联结。

是啊，得意时佐乐，失落时平复，相投相通的人儿无拘无束和无忌，点滴酣畅，些许幽微，漫过心田，凉水泡茶般慢融，轻柔散淡中消解了过往。兼有交际、请托的链接和润滑功能，酒之于生活不可或缺。

性刚心善，看不惯、见不得酒桌上偷奸耍滑调皮者、打死不喝无赖者、借酒坑人歹毒者、逼迫女人叵测者……年轻时也曾是拼命三郎，舍身豪饮醉朦胧，往往为单位挣得奖项和荣誉。青春飞扬，虽憨犹荣。

五十多岁，人生分水岭。就像贾平凹说的，灵魂与身体出现分裂，爬楼梯时身子在第八个梯台，灵魂已站在第十个梯台。体能减弱，心也随之孱弱，没了那个胆气、心境和冲劲，倒是愈加珍惜起生命、亲人和责任来。

明显喝不动也喝不多了。酒后，上半夜沉睡，下半夜清醒，翌日低迷萎缩还后悔。开始自我告诫少喝酒，但戒酒的念头仍未出现，说明骨子里确实爱酒。心劲不足时，嚷嚷着“少来点红酒”。

另一种陪伴、搀扶和安慰。

心力弱而依恋酒，也算一宗酒的心理罪，虽然温柔无害。

喜欢回忆往事，开始回望、品咂那些酒、那些人、那些事……

（二）

世间之造化，匠心之作品；如烈火炽热，似锦缎雍华。诗篇佳话流芳流长：乃出天厨，其味醇醲……千盅美酒，一曲满庭芳……酒酣胸胆尚开张，一壶浊酒喜相逢……

联通心灵，折射人性，透视欲望，链接圈层。能昭示文化礼仪、情境气氛，可勃发艺术巨制、思想宏作。酒，是人类的、历史的、文化的、社会的、心理的、精神的。

任何一种情绪表达，可以酒佐味；任何一种状态寄托，可以酒映衬。就连平时沉默寡言者也因酒后的放松放开，“嘚啵得、嘚啵得”打开话匣，酒，确实是个好东西！

只是物极必反，过之则害。酒之祸似寒冰阴冷、恶魔鸷狠，销骨蚀体、放浪形骸。其味、其仪，其力、其意，其韵、其趣，其情、其境，其利、其害，百味交集。

老实人，有两件事肯定得多做：一是酒桌上多喝酒，二是职场上多干活。这两件事，货真价实地付出，伤身伤神；若不大度，还伤心伤情伤自尊。老实人多半讲道德良心、大局规矩，往往狠不下心、磨不开面，不会巧舌如簧应对、不管不顾推诿，势必多喝酒多干活。

但吃亏是福！从人性角度，若不多付出，没有价值和贡献，怎能赢得他人同情、心软、口服和心理平衡？从事理角度，不符合万物平衡、能量守恒之道，哪来收获和成长？从这个意义上，要感谢酒这个媒介。劳动是美丽的，珍爱工作，珍惜职场，职场是人生的修道场。

人人都有“心理配置”，各不相同而已，如：人格尊严、价值标准、道德善恶、利益底线、个人喜好、内心藏匿、学养思想、见识阅历、身份言行、面具伪装等。

我们不自觉的习惯和言行，被潜意识控制。意识引导的，是能被自主控制的言行和规范。潜意识被压抑深埋心底，内容占据95%，“人心深不可测”一说由此而来。潜意识和意识的综合，就是你我各自的外在表现、符号和标签。

心理咨询和康复的实质：将潜意识浮出水面，转化为意识。讲白了，就是把潜意识压得少少的，把意识搞得多多的。

人际间存在边界、防御和隔阂，人际交往总是小心翼翼、试探渐进的。自我暴露越多，友谊越深，信任度越高。

酒酣耳热、酒力贲张之际，人是容易卸下防御、盔甲和面具的，不再那么戒心戒备、自我包裹，也不同以往矜持傲慢、礼仪规范。酒性完全主导时，道德法制感及其约束力微乎其微。

于是，称兄道弟、嬉笑怒骂来了，信口雌黄、打架斗殴来了，放弃原则、无视法纪、罔顾伦常来了，乱办事、瞎办事、违法办事来了……

酒后失德、失范、失序，失言、失行、失信，失心、失法、失身，何以何其多也?

酒的心理罪也!

酒力麻醉了意识，主导了理智，潘多拉魔盒被打开，任由潜意识嚣张肆掠。平时压抑的、伤痛的、无奈的、后悔的，见不得光的、求而不得的、得而复失的、平生之痛不能触碰的，诸般隐晦阴暗，乃至不为社会规范、道德法纪、公平正义允许的丑和恶，瞬间蹦跶出来。

一些心怀叵测、利欲熏心、邪恶腐臭的不法分子刻意使坏、推波助澜，他们的人性标尺，将酒异化为工具、沦落为欲望，以权力之具、网罗之具、遮掩之具、宣泄之具，满足口腹之欲、情色之欲、悲恨之欲、贪腐之欲、摧毁之欲。表面看，是酒性酒品酒德酒风的魑魅魍魉；实际上，是心魔和潜意识的丑恶肮脏。

酒是他们的砒霜。

心魔不解，潜意识不挖，是难以为人的。要么道貌岸然、人模狗样，要么歪瓜裂枣、人渣鸟样。需要医治！心理、生理的医治，道德、法治的医治，社会、文明的医治。包括前文所说，90% 的酒精依赖者有着深深的无意义感。

这是一个社会进化的系统工程，也是人民群众对美好生活的向往、社会文明前行该有的底色。包括酒文化宣教、法律法规执行、酒类销售管理、社会支持帮助，尤其是官场酒文化整饬。

个人层面包括正确“三观”养成、法纪道德涵养，以及健康生活方式、善美价值追求、自我觉察净化、书墨阅读清香等品味增长和境界崇尚。

好在时代不断进步，如今的年轻人更多趋向文明，少量适量礼仪饮酒。凡事讲中庸，无须矫枉过正、因噎废食、走向极端。可感性喝酒，理性把控；正确地喝酒，喝正确的酒，是文明心理该有的弹性、行为分寸必需的张力，是定力、功力，人格魅力、学养内力，规则规矩规章约束力，也是社会治理能力。

树牢公民意识，敬畏天地；遵守道德法度和公序良俗，做个君子。

醉意加诗意，虽踉跄醉步，但不失君子之风。

烟火气里的日常，文明曙光普照，新风荡漾。

多美，还有酒香！

院士的话

朋友的舅舅是中科院院士。他对孩子说，人这辈子有两点很重要：一是不求完美，否则会累得半死；二是不忘学习，尤其要用好碎片化时间。

成人的世界，人人不易，得有自己的温柔壳，对现实刚强，对自己爱怜。接纳肯定欣赏自己，是心力定力，是底气勇气，虽然趋美向美是成功成就该有的模样、必需的基石。但不管如何，追求完美是认知不成熟、人格不完善的结果和指向。

学习本质上是一种能量输入和心灵际会，包括政治的、经济的、社会的、文化的、管理的、技术的等各类学习，体现的是对未知的探索、对外界的链接、对成长的供给，虽然可能无碍你当下的生活，但肯定事关你未来的品质。

以学养行，不求完美求精致，为的是遇见更美的自己。

认真的人

世上各色人等，依认真程度大致可分三型——

认真、不认真和过于认真之人。介于认真与不认真、有时认真与有时不认真、有些事认真与有些事不认真之间的，本质上还是不认真之人。

认真，成事的准则和定律，无论是对个体，还是对社会。拥有世上一席之地，必须认真；即便是做很小之事，也须认真始终，舍此必定一事无成，和能力大小、资源多寡、平台高低无关。虽然有人有时未做多少努力，撞大运遂愿达成，纯属偶然非常态。

认真有两个硬核——

一是以善良打底。认真之人，一定是内心高洁，道德责任感强，深受传统思想和主流价值熏陶影响，不避事避难、拈轻怕重，能担当扛事、正直勇敢之人。

二是以价值为追求。没有对意义感的向往、对目标愿景的崇尚，何来前行的动力和认真的模样？

认真之人有六个特质——

他们内心有标准。一套做人做事的标准，内化于心，外化于行，指导推动为人行事，衡量评判行为结果。既以此要求自己，又以同样标准作用他人。

他们尚美爱美。对美好的东西眷恋渴望，事得做美，人得美名，不喜残缺，甚者趋向完美主义。

他们专心专注。执着于事，专心于行，恒心定力，相信美好的绽放，静待花季的收获。

他们紧张要强。自发自动，推力张力强劲，紧绷紧张感、秩序条理感明显。紧张之人其实很可怜，难以云淡风轻、精神舒展，环境境遇使然。尤其是家境较差、一路辛苦走来之人，更加重视既有怕失去，得失心较重。

他们自我重视。要么自信满满，相信凡事可成必成，直直向前；要么自信不足，以笨鸟先飞弥补，以多多付出填充，很好面子。

他们易受暗示。环境稍有变化，即能感知反应；他人一加鼓动、表扬或批评，就会快速响应。这些特质，久之演化为优秀者的自律；度若是把握不好，则恶化为自虐和强迫。

认真之人很辛苦，不认真之人则逍遥快活很多——

首先少责任。主观上对自己没要求，没那么多道德责任、规矩规则、心理冲突，无所谓好坏靠谱和闭环。

其次是懒。动物性大于社会性，享乐本能强于劳动职能，怕付出、玩心重、会享受性状明显。

再次是能力差。不干事、少经事、推脱事，何来事上磨炼、后天习得、心智成熟、水平提升？还有那些说话做事不专心，“打岔型人格”者，遇事习惯打岔转向、过滤分流、淡化简化，难以持久做事，很难成事，同样属于不认真之人。

凡事都是双刃剑。认真是必须，太过认真则变质，异化为顶真较真，甚至是控制。

顶真较真之人，属悲观焦虑型人格，深陷怨恨型、评判型、不宽恕型牢笼。他们心态不积极、视野不宏阔，好钻牛角尖，机械刻板；弄得自己辛苦、别人也不轻松；好为人师干涉指责，不顾人际边界。尤其是一些管理者，不仅偏执，且安全感缺失，总想控制外面一切。

太过认真是毒药，不健康心理的外显，对自己、对外界都不能和解。也分两型：良善者，苛人苛己一个标准；心术不正者，苛人厚己双重标准，往往以苛人苛事为幌子，行利己之实，典型的伪善或精致的利己主义者。

对良善者要关爱帮助，他们只是内心驻有“严苛”、价值观和人格出了状况，经常打扫庭院、检视疏导“人格地牢”可慢慢改观——改变不切实际的期待，减少怨恨；选择同理同心同情，放下评判；与自己达成协议，责备游戏到此结束，从此宽恕。心术不正者，涉及道德善恶底线，另当别论。

善美总是相连，恶丑始终对称。好的环境，能使认真的人越来越多、不认真的人越来越少、过于认真的人越来越平和。若是躺平逍遥、指责空谈、虚头巴脑、作假蒙混、装点门面、走关系捷径者越来越多，干的不如看的，看的不如说的，说的不如会来事的，等等，这不仅仅是人的问题了，得问问体制机制合理与否、环境秩序是否妥帖、综合施治进展如何。

匈牙利有句名谚：“你在烛光下能找到最黑暗的影子。”我们是至暗与至明的共同体，暗影与光明交织在一起，逐光而行便光芒了自己、照亮了世界。

闭　环

打小我就教育女儿，做事得闭环，形成一个封闭的圆。

就像书法，起笔运笔收笔；就像拼读，字头字中字尾。将事行进结束，全须全尾，不能“半拉子工程”扔在半道，逻辑上不能自洽，事效上也未见底。更不能主观故意，人为斩断戛然而止。事后还得有汇报、给反馈，事事有着落、件件有回音，如此才叫事毕靠谱，除非事不愿做、不想事成。

罗振宇曾形象举例说闭环——孩子犯了错，需经历“批评—表扬—激励—改进—巩固—养成”的完整过程，如此教育活动才算完成。很多事若无完整闭环，等于啥事未做，前功尽弃。

注重逻辑和规矩、讲究严谨和完美，这是自律。自律成规矩，规范养习惯，终成优秀的内在品质。

只是凡事都是双刃剑，事理虽没错，但这种行事风格，垒高了待人的尺度、做事的标准，很多时候会给人压力甚至伤人。很多人不适不愿，刻意逃避，原因就在于此，还美其名洒脱。不管承认愿意接受与否，闭环始终是做事之德、成事之基。

交代一件事，能很好地事毕结果、事中反馈，给人掌控落实收获感，你无疑是可信、可靠、靠谱的。倘若未有时间设定，还能在合理区段、预期时间内完成，更是可爱加分项。

检验靠谱，未必要大事，小事很见分晓。小事不闭环，大事可想而知。

能力人品固然重要，做事方式往往优先考量。

让你做点事，这个为何，那个咋办，刨根问底，读书时没见你这么认真坚毅过。耐着性子解释半天，有这点时间，换作他人或许已然完成工作任务的十分之一。要不就是——要这个资源，增那个人手，整合其他便利，让你做点事成本咋就这么高呢？或者今天勉强答应，一夜思量，感觉这儿有亏、那儿不适，第二天一早堵住上司反悔不干。

面对你的“问卷”，上司说不定英雄成就感难继，挫败记恨感升起，还有失颜面威信。此等为人为事，不是情商的问题了，是智商不足、心理水准低下。吃不得亏，“既要又要”小格局，能成长成事？

从本质上，闭环思维不仅着眼于责任心以成事，更强调团队配合，以及对人际关系的敏感，得尊重他人顾及感受，满足合理诉求，是事、理、人三者的统一。

以始为终，正确地做事，仅是浅层面的闭环；以终为始，做正确的事，才是闭环的内核。

辨方向谋时势，然后做事，也就是先构思后实践，历经“两次创造”，事做圆了做成了，还做美了做久了，不至误入歧途白费工夫，毕竟岔口较多。尤其是人生剧本这件大事要事：成为怎样的人？成就怎样的事？成长怎样的价值观？

尘世纷繁，心流难拒。“生活中心”人人都有——我们活着的载体、意义的平台。

“生活中心”有两个特点——

一是多型。以配偶为中心、以家庭为中心、以工作为中心、以享乐为中心、以朋友为中心、以自我为中心，不一而足。我们都是其中的混合体，有的混得杂七杂八，变色变味。

二是多变。随环境而变化，因生活中心摇摆而起落，昨意气风发今儿沮丧，此刻斗志昂扬不日消沉。

“生活中心”若不清晰明确，人又没那点定力心力和境界，人生难以和谐积极。

靠山山会倒，靠人人会跑。“生活中心”多变善变，仅靠它远不够，还得靠原则。原则是啥？事理、真理、世间法则，还有你内心坚守的正确价值观。原则很理性深刻坚实，不受制于喧嚣和浮华。

不守原则走不远，死抠原则做不大。守原则，也就获取了智慧力量、安全感和人生方向。

这是闭环的最高境界。

你看，又回到了“规矩规则、逻辑严谨、以始为终”的起点。

万物守恒，任何逻辑起点和终点总是相通、总能统一，在高点高位高质高能上新的统一。这是宇宙法则、造物主力量，也是原则。

原来，一切都是闭环。

能不闭环吗？

得体

言行得当，恰如其分，谓之“得体”；符合事实、规律、道理或公认的标准，谓之“正确”，两者并不等同。

得体的，一定正确；正确的，未必得体。成人的世界应该趋向得体，而非仅是正确。正确而得体，是成熟的标准，符合中庸之道，契合圆融要求。

2023年初夏，单位组织去重庆某高校培训，对“得体”的感受愈加深刻。

初到重庆。第一印象：独特、素简。山城相融、高低起伏，沧桑厚重、质朴清爽。继而感觉亲切、得体。川音绵长、市民淳善，物价不高、闲适恬淡。满大街的麻辣香透着烟火气息，一座人城亲柔的城市。

也曾到过一些小城，大气力高成本创成国字号文明城市，常态长久恒定保持，美而整洁兼具小巧，福泽一方很不易。虽然人工痕迹很重、人文底蕴不足。徜徉其中，总感觉少点什么！对了，就像不食人间烟火的美艳女子，阳春白雪般亭立，孤傲落寞，冷峻的景观摆设。多管理和禁忌，少温情和融合，人城分割。

回望2023年上半年，淄博烧烤带火了淄博。

何以能火？火在烟火气，火在人情味。烟火气，始于亲民，先得有得吃，还得吃得起，一个撸串都不自由、物价畸高的城市，何来烟火气？烟火气，恒于厚道，官民友善，厚内更得厚外。最是一城好风景，半缘烟火半缘人。是人带动了烟火，进而带火了城市，爱和温情，城市的灵魂，路桥流水、花石树木。

车到重庆，接站的是我们的培训班主任，是一位年轻女老师，衣着得体，有点品位。一路热情柔笑，给我们讲述重庆的故事，川音川味在车内轻漾。第二天上午开班，竟成朴素装扮，下午又恢复昨日模样，且是另一种光鲜行头。很是不解，之后蓦然想起：当天开班，和她相挨坐主席台的，是肤黑体胖、朴素年长女人——她的领导。为应景相称，才有此般举动，她是慧智得体的。心头为之一热，再生好感。

红岩精神的授课老师，对这段伟大的信仰、光荣的革命史研究颇深，是这方面的专家，不但出书，还走进公众讲堂。老先生口吐莲花，字正腔圆，抑扬顿挫韵味十足。时不时双目微闭，单腿有节律抖动，脱稿激情背诵，自我沉浸很投入。只是课堂成书场，老先生自嗨说书，与台下无半点互动，包括眼神、情感、肢体语言的任何交流。

青春飞扬，女孩妩媚，校园气息好年华，好生羡慕。见一身着牛仔背带裤女生，美腰裸露。伴随走路节奏，黑色内裤大面积明灭闪现，很是刺眼，难符校园芳华……

得体，是品格情怀、能力境界和修为的外显，需要思考、约束和刻意修炼。明代学者崔铣《六然训》道：“自处超然，处人蔼然，有事斩然，无事澄然，得意淡然，失意泰然。”最高阶的得体，必定是想得周到、说得好听、做得恰当。当人欲望满怀、自我凸显，很容易被物化、同化和奴化，直奔主题和目标，直线化思考、浅显化行事成为惯常。

为了私利和上位，多少人视唯上为唯一？当正确不再，何谈得体——相融相衬的风景风致、同理慈悲，不迎不逆、不谄不欺的正直良善！不唯上唯己唯利，多唯实，对于一些群体该是怎样稀缺可贵的品德！

包括领导层。管理管理，既要管，更要理。退而言之，可不管，却需理。而非一味要管，专横霸道；完全不管，一盘散沙。由管人到理人到安人，实现“不管之管”，谓之圆通。圆通的领导，上中下处处得宜，人和还要天时地利。兼顾了做人和做事，而且从做好人出发以求做好事，谓之得体。

领导的过程，是修己安人的过程。领导者的修己，包括丰富的学识、适度的自信、良好的人缘，做人做事的基础。

以得体，致境遇。顺境时的得体，是对命运和世界的必须谦卑；逆境时的得体，是对自我的尊重雍容和永不言弃。

世间并无愚人。

你得体，世界才会对你得体。

脸　谱

艺术仅是折射生活，并非完全真实影像记录，姑且看之。

正能量的好之学之，负能量的贬之抑之，中性的思之辨之。

切勿对号入座，曲解了作者本意，破坏了您的心情。

老张的告诫

退下来的镇党委书记老张，告诫后生，行走职场嘴巴要紧，尾巴不能翘，肚脐下“三寸”要老实。过去两句话：手别长，嘴别馋，现在还要加一句：头别昏。

公德私德官德，德行不能有问题，内心高洁很重要，坚守底线、不碰高线很关键，行稳才能致远。

你看那些“骚操作、鬼推手、脑进水”长不了；你看那些“升职器”、利益链、裙子、带子、裤子，票子、胆子、点子，到头来终是臭名昭著，有的锒铛入狱，有的贻笑大方。

以佛治心，以道治身，以儒治世。为人处世做工作，还是要头脑清醒、思路清晰，大处着眼、高处观览、宽广处事，傻一点、让一点。

专心事目标，正慧保平安，人欺天不欺。

陈年老酒

老蒋，资深局长，为人低调，不喜跑圈应酬，公认的行家里手，“技术流”干部，还特别能与职工共情。他说，三天不表扬人，不是个好领导，一定要懂心理，职工想什么要什么，要掌握。讲心、安人、成事，领导的日子好不好过，取决于他自己。

他注重强化教育、培养干部，建好组织文化、推崇价值和秩序，增强职工的归属感和忠诚度。注重制定并实现“人和事兼备”的领导目标，而非仅仅工作目标。注重搭建可视可用、能复制的闪光载体，实现视觉化。

不管到哪个单位，老蒋都是拓荒牛，善开新局，能做事，却没什么官运。老蒋内心明白得很，既不介意也不谦虚，轻松自嘲：没啥，一坛陈年老酒，越来越香就行！

多少领导才高八斗，累死累活，却事倍功半，落不着好，有的甚至砸了锅、翻了船，为何？一个重要原因，人没安顿好：要么大树下面不长草，没人可用；要么重用少数人，冷落了大多数；要么不把人当人看，眼里只有目标和政绩，信奉权威、制度和管理，人成了工具和手段。

心相通，意相合，人相安。表扬属下、关心需求，仅是“安人”的一个侧面和缩影，还有重要其他，尤其是以大事小、度己度人——先改变自己，从而影响别人，进而成就自己。

心燃必欣然，欣然定兴然。领导功夫在诗外。

三句话

用老杨书记的话来说，不管做大领导小领导，还是正职副职，三句话：抓大事，做小事，不管中间的事。

抓大事：把方向，管大局，保落实。目标、项目、架构、人力、财力、局势、成效等核心要素，必须全力把控、操心操持，懒政怠政使不得。

做小事：群众切身利益、福祉冷暖、思想动态、情绪感受等琐事小事，要当作自己的事、分内事，随时关注、及时解决。

不管中间的事：有定位有职责、有授权有分工、有层级有责任，中间操作层面的事，充分信任放手放权，切记“大树下面不长草”。

说白了就是：举旗定向，暖心服务，放手放权。

闲官热做

大李，某相对清闲部门“一把手”，不把自己当闲官，动脑子不停歇，走出去不封闭，盘资源不坐等。几年间，借上面的牌子，靠下面的资源，展现了作为，创出了天地。

闲官照样热做，清闲部门同样有作为。

动起来才有机遇，走出去方遇贵人。“工作嘛，就是搭建平台、整合资源，这两件事麻溜顺畅了，没有不出彩的活！”职工很服气，大李很得意。

做事，要讲究激情和格局的，王阳明说“事上练。”不练事，闲官闲做、小官小做，将是怎样另一番萧条光景？

那点心思

某单位主要领导新旧交替，中层干部小董鬼机灵给他俩画像——

前者心机深、思虑重，重视会前操作和结果把控，会议往往是形式；独掌乾坤，一言堂味浓，副职往往是摆设，没有多少话语权；常有不按规矩出牌倾向和表现；性格张扬，大刀阔斧干事，但狗熊掰玉米棒子，折腾得多，收获却较少，不成正比。

后者阳光得多，不喜私下活，凡事上会，会上有什么情况发生，事前思虑不多；因暂时不能有效掌控局面，怕被人糊弄，民主集中制执行得较好；胆小厚道，中规中矩行事；格局小得多，小心谨慎，属做小事之人。

某单位头头水某，姓“水”却硬张，骄狂必受挫，果真栽了点跟头。此时开始看重集体决策，凡事必上会研究，堵住悠悠之口，将责任压力分解传导给他人，不担当不挑担假干事。好在形变神也变，水某一改往昔娇气、锐气和匪气，总算有了水的柔性。

中层干部小蒋私下抖机灵，只要是过程较长的事，必须匀力匀速匀资源匀成绩，细水长流，除非是突击的、短期的人和事。还说，不被需要就贬值。磨和驴的关系要明了，要学会自我保护。

正所谓，庙小妖风大，池浅王八多。魑魅魍魉皆笑料，人间正道是沧桑。肤浅不端蹦跶啥？

副职行径

强某，某单位副职，会写作善思考肯总结。在行业报纸上发表了工作心得，得到上级部门领导的关注和批示。为做足后半篇文章，他所在的市发动全行业为他提供案例，扩充内容，深化成果，释放溢出效应。

逼自己一把，狠狠做事。困难令人生畏，恰是你的脱颖。做困难的事，才有更多可能。潜能迸发，最吃惊的其实是自己。

副职关某初来乍到，有点被欺压受排挤。关某淡然处之，大气隐忍。善心善行，本真示人，并发挥主观能动性，以时间换空间，一年后站稳脚跟。

关某感慨，其实业务很简单，关键是你重要吗？过问得了吗？有了这些，才能接触核心业务，推动工作的开展。身处逆境，用好曾国藩的二字心经：忍和挺，所谓“结硬寨，打呆仗”，抓住关键，打开缺口。任何“眼下”，终将成为过去。

副职洪某私下哀怨，遇到不开明、格局不大的“一把手”，副职暂时只能做两件事：“一把手”要求做的事；下面需要你做，且“一把手”也同意的事。洪说，你自己暂时先不要有其他想法，一旦你想了做了，会上下两边不落好。

于是，洪某当起传声筒、二传手：承上启下，少有个人意志和一厢情愿。

赵某是资深副职，个性强、能力强、副职运也强。与每一任主要领导相处，差不离都是先蜜后恶。

新任主要领导下车伊始，人生地不熟。他直面迎上，出谋划策，撑腰相助。初始印象好，开局贡献大，赢得了话语权，奠定了地位。个性强、能力强，若全然用于工作，再兼有顾大局，原则性与灵活性相结合的美德，那将是锦上添花，温暖他人，有利事业。若掺杂了私欲私念，则会严重走向反面：个性能力越强，情况越是糟糕。

副职的政治成熟，首先是学会正确定位，不缺位不错位、不越位不失位。副职的成功前提，必须是正直地思考、正直地做事、正直地担当。

从职场出发，在心理层面，拧巴对抗的人生无法与他人，也无法与自己好好相处，可怜更可悲。心魔不除，恶难消失，除恶得先救治心理。

判断一个人能否与自己好好相处，可扪心自问："我愿意和自己结婚吗?"听听内心真实的声音。

千般文字，凝为一点：职场，人生的修行，各自安好!

向善向美，建设清明生态，永远是主题主线和价值追求。

第六章

心智慧而自庄严

心智慧而自庄严

成人的世界

孩子气为小事对垒闹腾现象屡见不鲜。“然也！非也!”互不相让，就像相向的两头牛争过独木桥。

思维该是灰度的，不只是对错和直线。还得说得体的话、做得体的事，勇于化解淡化，别太较真。

把事情搞复杂了，是因为弄错了自身定位，迷失方向陷入了旋涡。把中庸之道摆起来，说话做事想问题的姿态状态心态也就正确了。每个人带着造物主赋予的作用，出演着各自的角色。

上善若水，不争无尤。成人的世界，水流的状态是最好的状态。

始终向前。无论惊涛骇浪，抑或涓涓细流，一往无前东流。盘活一团春意思，心怀理想坚韧坚守，才有彼岸绚丽，人生宽度厚度高度均和定力相连。

欢快奔流。所谓泉水叮咚、江河欢涌，人间至味是清欢，以欢喜心愉悦态，幸福才有底色基石。

避让绕行。圆通行事，遇阻转弯，另辟蹊径前行。心无旁骛，不因小失大、消耗逗留，儒家的风度、道家的智慧、佛家的超脱。

路尽蓄势。先积累后满溢再冲毁，除非堤坝闸门过高过硬，守得住初心才能等得转角的光明。

融入大海。个体力量总是渺小，融入群体方能翻滚出美丽浪花。人的本质是社会关系的总和。

成人的世界，在一个安静的点、恰如其分的水平线体现智慧和自尊，不骄不媚，柔中带着钢，顺时应变，演绎好人生五计（生计、身计、家计、老计、死计），你就是自己的神明。

心智慧而自庄严，“我不再寻找好运，我自己就是好运。”所以，美国诗人沃尔特·惠特曼才会如此自信满满。

父母的世界

面对年迈固执的父母，有三个办法可应对——

一是循循善诱。老人是老小孩，指引和引导很管用。

二是指路子。越具体越好，量化细化、形象直白，还得好操作。得让他们做点力所能及的事，活泛活泛脑子，锻炼锻炼筋骨，多点社会链接，多拓展点社会知识，调动身体和精神能力。

三是直接去做。对于他们不能做，也说不清道不明，解释半天也未必奏效的事，麻溜地去做了，省心省力，方便自己，也提高效率。

自己的世界

后先不与时花竞，自吐霜中一段香。

人生半百，我给自己设定了一个最大的追求、最好的状态——“四个有”（有思想、有品位、有素简、有帮助）。

在站立的地方安身立命，素简生活，讲点意义感，有那么一点思想品位，能给予身边人一点支撑帮助，也就足够了。

尽可能少食，无胀腹感，腰无赘肉、腹部平坦、走路轻松便是满足和意义。

从事当下工作已多年，按“万小时定律”论，也该是半个专家，自说自话提出“四个化”：视觉化你的目标、标准化你的生产、量化你的成果、实化你的整改，觉得很有意义。

爱看的三部电视剧：《康熙王朝》《父母爱情》《都挺好》，看了好多遍，有的台词都会背了。事业、婚姻、家人、朋友，人生就是这些事，缺一不够完美，是我内心的意义。每个人都肩负责任，担责永远是第一位的。放松，别那么紧张，慢慢扛！

挖掘潜能，创造点属于自己的东西，给自己打个印记，乐和乐和自己，还能不断坚持，感觉很有意义。

人生下半场，开始探索自己，越来越了解自己，不那么依赖外物，建构自己的精神领地，做一个“未完成的人”，觉得很有意义。

这么多年，一直坚信并恪守：工作是快乐的，运动是快乐的，读书思考写作是快乐的。于外物的“无用”，对一己的“有用”，“无用之用”就是大用。

脚下是最重要的。顺其自然，也就实现了庄子的逍遥游，虽然是浅层面的。

爱的世界

关于爱，前文说了很多。

爱很深奥。既抽象，源于内心情感、思想观念；又具体，表现在待人接物、说理讲事方方面面。一句话，发乎心见于行。

若往底层扒拉，再简单通俗不过的表达，爱就三个字：有耐心。

耐心的源泉动力，是爱；爱的外显表现，是耐心。

有爱必耐心、因爱才耐心，失爱失耐心、缺爱缺耐心。

因为热爱、情爱、挚爱和真爱，我们耐心去等去做去思考去改变，不厌其烦，为爱前行；去攻坚克难，去赴汤蹈火，甚至为爱赴死、为爱牺牲，在所不惜，无怨无悔。与被爱之物已然相融相合，当然忘情忘我，予对方的耐心就是对自己的耐心。故此，有无耐心是衡量是否有爱、是否真爱的标尺和试金石。

因责任道义和亲情，不得不做，不得不担纲，不得不完成，未必是爱，准确地说未必是真爱、未必全是爱，更多的是出于责任、出于道义、源于亲情或其他因素罢了。

以此作衡量，对身边人、身边事，有多少耐心便有多少爱，少耐心没耐心自然少爱或无爱，不管是对父母、配偶、孩子，对朋友亲戚同事，还是对工作和其他外物，概莫能外，放之四海而皆准。

道理其实很简单

道理一

我的孩子告诉我，哲学是聪明人之间交流最快的方式。

他说，术业有专攻，但哲学是各学科的思维基础，可消除术业阻碍、接近知识本质。

术业的个性层面千差万别，但底层的部分是相通的，之上的东西是旁通的，万物趋同九九归一，所谓大道至简。追求本源，把握宏观，哲学是解锁世界的方式、工具和终极方向。

道理二

自我精进，阅读是有效方式。

优秀的作家心力灼灼，悟常人所不能悟，把人性世情掰开揉碎，暴露无遗、灵性毕现写实写活。

有人曾这样说，曲径幽深之处，人和人竟如此相似，嫉妒多疑摇摆软弱，贪嗔痴狂颓废哀衰，生而为人你并不孤单。

人性其实未必有多复杂，书读多了你会蓦然发现，人性也是共性相通，有规律可循。那些所谓的特立人格、个性化想法、万千感受其实早已在某本书中被全盘描述，那般细腻、鞭辟入里、周全丰厚，远远超越你认知层面的情感世界，有人比你还要懂你。

道理三

命运有两半，一半是自己可控，一半是时机和机遇。

认为我命由我不由天，未免狂妄浅薄，否定了客观规律的作用机理；躺平把命运交给上苍，未免太过悲观颓废，否认了心力接天的能动能量。

命运其实就是，主观努力与客观之间的博弈，分大饼划蛋糕。你强它便弱，你弱它更强，越努力越幸运，使劲攒足你的份额。

还有，得意时别猖狂，别忘了还有另一半；失意时别跌落，毕竟你还有自己的那一半。

道理四

想要做成一件大事要事的首要关键：让心灵先到达那个地方。

热望渴望，唤醒内心，激情能让思考成型。尔后视觉化你的目标，赋予抽象的事物以形象，脑海中为它画像。好像就在眼前，已成轮廓，可感可见可触摸。

进而勾勒细化，展现脉络，细节毕现，完整呈现精神图景。心灵的抵达才是远方，循着心灵的召唤指引，执着前行，精神实质最终会将意识中的无限潜能转为现实。

视觉化，思想的双眼。

道理五

健康是过去思维方式的结果。

外在环境、内在精神共同作用，影响控制身心健康，或滋养生长，或助推衰亡。

思想是能量，不同的思考形成不同的人生。积极的思考收获正向引力，消极的思考引发负面掣肘，深陷式微泥淖，有因必有果。社会积淀后，精气神清晰明示，你我的标签标识，所谓相由心生。

能赠予子孙的永存遗产只有两种：根和翅膀。

好家风绵厚，优秀基因传承，是深扎沃土的根和脉，生生不息。翅膀意味着自由和自省，摆脱上一代的陋习和消极，凌空飞翔，实现代际突破和转型。

老鼠的儿子未必还打洞。

道理六

生命就是表达，和谐而富有建设性地表达。

多少人不知该如何建设性或正确思考，导致与他人后期的差距差别，有了善恶优劣之分。

和谐建设性思想彰显善，反之彰显恶。人类本性的力量，至少有三个方面：确立生活目标、寻求双赢和理解、围绕重心充实地生活。

心智不成熟，会放任思想停留在自私层面，徘徊在低纬度层级。以终为始，才是事物行进的方向；知己知彼，助推成长；双赢思维，赢得人际；统合综效，实现精进；积极主动，始终是心力动能。自私和低级的想法，乃失败的温床。

道理七

这个世界所有的爱均以聚合为圆满、为目的、为价值。

只有一种爱以分离为目标，那就是父母对孩子的爱。

父母真正成功的爱，就是尽早让孩子作为独立个体从你的生命中分离。雏鹰翱翔，天际灿烂；分离越早，你越成功。

道理八

多一把利器，多一口干粮，生活才不会慌张。

少欲、致虚极守静笃、禅意生活，诚然是心灵舒展的硬招良方。

现代社会，若是身怀“斜杠”，海阔凭鱼跃天高任鸟飞，你会舒心舒展很多（斜杠，指有多种技能，或多重身份，或多元生活之人）。

打破职业边界，有更多的载体通道、选择寄托，人生视野得以展宽、纬度被拉长、生活可多元、体验能加厚，不必拘泥一域、忧烦进退荣辱，无论男女老幼均可适用是幸事。

三十岁之前无须抱有太强的行业执念，注重对外界的整体理解和技能精进比啥都强。中年后有退路和他途，不一样的底气和华彩。

有选择，才有新的风景。

道理九

脑子里一团乱麻时不妨将所有念头写下。理一理、捋一捋，既是过滤情绪、压降负载，也是明确思路。

写着写着心情也就平复释然，就像轮胎放气，放了也就空了，最后瘪了。

要学会用第三者的视角来处理自己的问题。

道理十

女儿欢喜出阁，父母心情复杂。多少婚礼现场，母女相拥泪泣、父亲暗自潸然掩饰，与婚礼主持人煽情搞敬酒叩拜、拥抱父母、谢养育恩仪式往往有关。

亲情深沉、血浓于水，其实无须用过多外在形式演绎示人。终身大事喜庆是必需，但刻意俗套场景可淡化略去，少鼓噪闹心既舒服了自己，也温馨清静尊重了来宾，何乐而不为?

道理十一

跃登高处览物小。隔行虽隔山，但各类艺术、技能和业务其逻辑本质、规律底色、认识方法均相通。一些思想功力深、管理能力强的领导能胜任各岗位，原因即在于此。

转行跨界需确立“本原思维”，注重宏观，从高处着眼，由表及里探究深层底层之本质，而非仅停留在业务表层，如此才能得心应手游刃有余，既是表象和本质、学和思的辩证关系，也是新工作岗位快速进入角色之方法论。

道理十二

相比散文、小说、诗歌，机关公文的写作，个人自由度相对较低，为三个维度制约——

一是自身维度。捉笔者文字功力、知识底蕴、成长阅历、个人特质等因素影响，乃最浅层、最次要纬度。

二是单位维度。须体现本单位本部门发展绩效、工作特色和成长亮点，属中间显性层面纬度。

三是领导维度。须体现主要领导主政思路、施政高度和发展视角，符合领导气质、思维风格和行文口味，是最深层最核心纬度。

自身维度相对固化，短期不变可忽略，单位维度和领导纬度必须相提并重，如此行文才能被认可。一些捉笔者自命不凡的“锦绣文章”却需大幅修改乃至被推倒重来，原因就在于此。专注领导维度很重要——

对于高屋建瓴、善于创新、思路大开合的领导，要讲究“高新特”切忌“低旧平”，要思路宏阔、视角独特、观点新颖去撰文。

对于气势恢宏、魄力担当，强调思想引领、注重精神家园的领导，尤其是其讲话稿，必须文如其人一泻千里，多用短句和对仗，善用哲理和警句。

对于四平八稳、朴素行事领导，切忌自我创新用巧，做好搬运堆砌工，严格引用上级论述精神，正确剖析各个工作层面，说清说透，突出重点、亮点、关键点即可。

变数和本分

读罗振宇的《启发》很受启发。

过去十年，他在“罗辑思维”微信公众号每天发送一条六十秒语音，这样的“启发”写了三千多条，便有了《启发》。

任何一种好的特质，不断坚持、再坚持，之后养成习惯、开花结果，也就成了优秀。基本功的溢出、不断溢出，时间久了，也就成了才华。

一个人有所成，两个必须要件得有：一是需自律。养成投入和专注，克服懒惰去精进。二是要有特点。养成核心竞争力，克服平庸，能凸显自己。动物依赖本能传承生存，人的本能延续很少，主要依靠后天学习，注定了必须学习，各种广义上的学习。

关于学习

作为自然界最普遍的一个定律——热力学第二定律也证明这点：任何一个孤立的系统，假如不持续输入能量，必定死路一条。就像人若不吃饭、汽车不加油、电池不充电、土地没雨水等，最后必定衰败微弱，直至消亡。学习系统同理，人不学习，虽活着，却已经死了。

在《启发》一书的自序中，他说："你也可以随机翻开一页，读上几条，那些点亮我的启发，也许能点亮你。"罗先生谦虚而睿智。

关于"变数"

《启发》书中提道："一个团队里真正起决定作用的，不是名义上的领导，也不是最没有变数的人，而是变数最大的人。真正的领导力，不是制定规则，而是让最不守规则的人的破坏力变得最小。"

深以为然。大学毕业前夕，我"脑洞大开"做了一件事，与该思想基本相合。

师范专业，毕业前夕按规定要做两个月的实习老师。我去了苏州彩香中学，做初中政治老师。

班级中的班主任是一个文静少言的中年男人，高高胖胖，开明宽厚，放手让我担任班主任。

吴语软糯，透着谦雅。苏州的孩子大多性温乖巧，学习较自觉。班上仅有一个男孩有点另类，冷不丁出现的各种顽皮，和他白净的小脸不相称。

有点哲学思维的我，大胆设想：让他担任临时班长。任期看表现，表现好可至我实习结束，不好立马撤销。我的这一决定得到原班主任和现在的班长的认可，我很感动。

男孩表情复杂，满脸疑惑，眼睛剜来剜去看我。继而摇头："我不做！"我继续商量，真诚声缓："老师相信，一个眼神清澈的男孩，不可能是坏孩子。老师也是第一次做老师，没经验，就这么想了，不管对错、结果如何。我们尝试一下，给老师，也给你自己一个信心、一个机会，我们一起努力……"

谁的内心都不想做一个坏人！男孩答应了。刚开始很不适，角色在"本来"和"期望"间慌乱切换；显得笨拙，经常做不到点子上。原班长女孩给了他很大的帮助，主动助他梳理头绪、提供办法、稳住阵脚。在同学们好意的哄笑、男孩的脸红中，大家好奇而友善地配合他，我再次被那份善良感动。

事实证明，男孩在变，在提高，在慢慢地做好……

工作后，常以这种思维、这段经历去管理、改变那些有些棘手的人和事。

人是感情动物，悲欢若能相通，便多了一份理解、亲近和信任，沟通很重要。同理心而非同情心，同情心常遭排斥。

对于那些只重事功，不管基层基础，不问秩序建设的头啊脑啊，要格外留心审视他们的人格人品、心理活动、价值观和政绩观。

拜高踩低，人性使然，人性之丑。反其道行之，反而收获尊重和美好。面对弱势群体，你一声真诚的招呼，会令他们感激欣喜，对你倍加尊重。

对于趾高气扬、尘土飞扬的权势商贾，大可不必恭敬谦和有加。习惯了阿谀逢迎的他们，反而会印象深刻你的不卑不亢，对你侧目注视。

这便是人的心理，褪去外壳和外衣，谁都一样。

关于“本分”

《启发》书中还提及：“任何人都不是他人的神，不能替他人做选择，但是诚实地给出自己的建议，大家各尽本分，就是最好的选择。”

一学生痴迷天文学，无心高考，且态度坚决，班主任感觉拉不回来。问罗振宇该如何是好？罗说，必须劝告，既然一个人真的要走自己的道路，不会因他人几句话而改变。但作为老师，把学生选择的风险如实告知，这是尽本分。

草根出身的孩子，相比较而言，胆识、心劲、阅历先天不足，独立人格和独立思想往往发展不够充分，大多习惯低位顺从，需要后天的加倍努力和刻意养成，正如莫言所称的“慢熟的人”。对于慢熟、不甘低位徘徊的人来说，年龄是他们的至宝，以时间换空间，突破那个点，便能引发质变。把温开水烧开很重要。

年轻时，面对严肃的上司，我往往会看脸色说话，不敢直抒胸臆，欲言又止，一些设想建议半藏半掖。

年岁增长，心智阅历也提升，敢于善于谈想法，渐成习惯。不管对错与否、是否采纳、采纳的方式和量质怎样，已不重要。做好自己，尽好“本分”，尤其是在其位谋其政。这是做人做事该有的担当，有敢说话、能说话、说上话的底气和资本。

若能如此，便是人生成长的骄傲。

任何层级的明哲保身，都少了点担当和光鲜，缺了点人格魅力，与“谦谦君子”是有别的。

正直地思考、正直地说话、正直地做事，这是尽“本分”的前提。

从道德层面，中国传统文化的集体人格是君子人格，君子必担当，小人不担当。从心理层面，逃避问题就会成为问题。不直面矛盾、不直面问题就是逃避问题，就是不担当。

有两种人格——

一种是打岔型人格。罔顾左右而言他，此型人格对任何人、对任何事都漫不经心，典型的回避问题，不可能担当。

另外一种是指责型人格。通过指责他人的过错、是非来掩盖自己的责任、消减自己的压力，同样也是逃避问题。逃避问题必定引发谎言，通过谎言掩盖真相、回避责任、减轻惩罚。谎言引发心理扭曲，谎言成性的人，一定是心理扭曲的人。

所以，敢于担当，还是心理健康的表现。

又回到道德层面：君子坦荡荡，小人长戚戚。

灰人理论和强关系

关于“灰人理论”

《启发》书中提及：“在那些创造性没那么高的领域，勤能补拙的效应是存在的，但是在高创造性领域，我们就不得不尊重天赋的价值了。”

一个聪明异常的女孩，也对我说过类似的话。

她告诉我，初中及初中之前，刻苦学习很有用，成绩确实优异。进入高中，“天资”成为首因首要，其作用立马凸显。天赋不足，仅靠努力，很难成为佼佼者。怎么努力都挤不进第一方阵的学生，原因在此不在它。

初闻此言，颇感惊讶。但细想身边人、身边事，觉得不无道理。

无独有偶。据说牛津大学也有神似的学术态度，名叫“灰人理论”。他们反对无谓的刻苦，把那些没有某方面天分，却想凭努力有所成的人，称为“灰人”。

这与标榜着努力、百舸向前的时代洪流相比，岂不是很相悖？

凡事讲中庸辩证，实事求是、因地、因时、因人制宜是永恒的方法论。世人种种，普通人占比68%，较优秀者占比13.6%。《向上生长》一书有这样的观点——这个世界绝大部分是普通人，不普通的人下一代也会向普通人跌落。之所以跌落不明显，是因为他父母给他充钱买了“道具”。

符合《道德经》所言：“天之道，损有余而补不足；人之道，损不足而奉有余。”

有多大能耐挑多少担，有多大胃口吃多少饭。承认自己的普通和平庸，才能正确地选择、合适地定位，做正确的事、正确地做事。

也就是明了自己的禀赋专长、短板弱项，扬长避短，在擅长的领域勤加练习、奋斗实践，努力有所建树有所成。

说得更直白、更明确、更辩证点，既不在“舒适区”慵懒躺平，也不往“困难区”贸然挣扎，而是择其两端居其中，在“中间区”全力耕耘。

世间牛人有两种：天赋异常的人、惊人练习的人。但惊人的练习，必是身处“中间区”，必是练姿和手法正确，否则只会练残致废、走火入魔。

不从实际出发，不顾主客观条件，所进行的无谓努力，些许量变而已，一场热闹和自我感动罢了，实现不了质变，更达不成翘楚精英。

扩大了“中间区”，也就延伸了“舒适区”、压缩了“困难区”。万物总量平衡、能量皆守恒。

“勤奋，不再是对自己时间资源总量的无限开发，而是对自己时间使用质量的无限提高。”罗振宇重新界定了“勤奋”

的定义。

一句话，好钢要用在刀刃上。

尤其是当下焦虑的家长，接受孩子的普通，好过用力过猛的任何操作。无条件的爱才是真爱，不以外在光环为条件，只是爱其人，不带任何附加。

其次，承认自己的普通和平庸，我们会舒心舒展、日子好过得多。反观自己，近些年通过自我觉察和梳理，在孤独与庸俗的并行线上追寻自我，精神获自由，灵魂得舒展。此前因不承认普通平庸而执着执念，不甘与不屑交织难以放下，人格状态矛盾交错、起伏升落。

人生其实很简单。选对了配偶，走对了路，不骄不狂，不怠不作，便能幸福安然。

然而听过很多道理，却依然过不好这一生。看来，人生的豁达，始于承认自己是个普通人，承认自己的不足、不适、不才、不器乃至不堪，放过自己。

伟大的心理学家荣格曾说，我们普通人，一生最重要的功课就是学会接受自己。

知和行之间隔着两个太平洋，知而不行等于不知、不如不知。

如何实现知行的统一？必须知晓“是什么、为什么、怎么办”，也就是知其然、知其所以然、知其所必然、知其如何使然，解决好目标、动能和路径问题，实现三者的统一，才能知而行之，行而更知之。

我想，这是“灰人理论”的附加意义，认知突围的根本价值。

关于“强关系”

在《启发》一书中写着：“交朋友有一个心法，就是一定要想办法共同做一件事。一起做一件事，意味着一起经历过克服困难的痛苦，意味着他需要你的协作，必须将心比心地替你着想。这样结成的关系才叫强关系。”

面具和盔甲是社会人的外衣。

未经事，难见心，知人知面不知心，本质的东西，眼睛是看不到的，我们很难有把握地说了解一个人。

人和人的交往，无论停留在哪个层面，逗留在哪个阶段，只要不触及利益的分割、“三观”的碰撞，是很难见底的。触底必反弹，各种矛盾纠葛、争执争斗争抢会毕现上演。

人心如何界定？一起做事！

关系是张网，维系着人与人、人与社会的联结，一是联结情谊，二是链接人脉，从而形成家庭、群体、圈层、不足道的小团伙乃至肮脏的利益集团。

联结情谊，最要紧的不在于言语或行为，而在于本性。

言不由衷、虚伪做作等表面功夫很快能被识破。情谊一帆风顺，一定是“情感账户”的收支平衡。

有七种投资方式：理解他人、注意小节、信守承诺、明确期望、正直诚信、勇于致歉、无条件的爱。

心理学也有人际关系的“八个维度”：抱持、依恋、激情体验、坦诚相见、理想化与认同、共同性与共鸣、嵌入、照料。

十五种“共事”方式，异曲同工。

链接人脉，情况要复杂得多。

人脉的本质是提供价值、平等交换。平等，才能平衡，才能恒久，平等交换很重要。

价值的单向付出，是有频次和份额限制的。不间断索取，近乎盗抢，谁肯谁愿？人缘好、合得来，是双方乐意交换的情感基础。你是巨婴、杠精、抠门、难相处，即便资源丰厚，也没多少人愿和你交换，除非迫不得已。一些富人口碑、人际关系一塌糊涂，没人亲近，很悲催。

还得注意“边界”，分清物质上的、职责上的、情感上的、心理上的、职权上的“你和我”的界限，不能越界越线，坏了规矩。

人脉链接的关系是个复合体，是弱关系、强关系乃至没关系的组合。

冯仑关于人脉“10-30-60”论断颇有意味，说一个人一生交往的关系，正常情况下是：10人能借钱，30人常来往，60人是熟人。人脉图谱就是这么简单，真的不用太过复杂。

“共事”是块试金石。

一旦一起做事，一个人的内心性情、品行操守、思维习惯、知识涵养、认知格局、价值利益等所有意识、潜意识暴露无遗、无法躲闪。即便是装，也装不严实、装不全面、装不久远，不经意的痕迹可观可感。

由没关系到弱关系到强关系，“能共事”是前提，是关键。不能共事，任何关系都是弱关系，短暂而脆弱。

“共事”分类分型：共的是好事、坏事，还是不好不坏的事。

强关系同样如此：是正向的、反向的，还是不好不坏中性的。

具体事物具体分析，不妨盘点一些强关系——

亲情，血脉相连，无论怎样的“阶段性掐、过程中闹”，剪不断理还乱，是强关系。

夫妻关系则不尽然，相濡以沫同生死共白头，是强关系；搭伙过日子，是弱关系，痛苦绵延，幸福不了。

战友，情感和经历特殊，多半是强关系。

门当户对编织的关系，需名实相符、实至名归才是强关系；关系“当”不了、“对”不齐，只能是弱关系。

穷朋穷友穷亲戚，绝对的弱关系，并非世态炎凉，人性使然，世间规则。

假如一个单位组织文化薄弱、向心力不强、归属感和忠诚度不高，即便是朝夕相处的同事，也是弱关系。往往貌合神离，多以说个段子、逗个闷子、扯个笑话、谈个八卦，或者来点娱乐活动交往互动。价值理想、事业工作是不大谈起的，既没这个激情动能，也没这个热心真诚。至于工作嘛，最小化、最低程度的相互协作，完成而已，质量和精品就不说了。

工作中考察一个同志，“能做事，做成事，不出事”已然是很高的评价，若再加一条“能共事、好共事”，近乎完美。

建立正向强关系，落点和初衷应该是：能共事、好共事、共好事、干成事、不出事，为社会发展、人类美好出力添彩。

是一份修为，一份境界。

广而践行，人类至善，社会至美。

现代婚姻

有两种产品，都算是成功的：一种是上线之后快速增长的产品，还有一种是上线之后快速死掉的产品。什么才算是失败的产品？就是那种成又成不了，死又不甘心，通过各种努力勉强活下来的产品……犹豫和拖延才是最大的劣势，失败本身反而不值得恐惧。

——摘自罗振宇《启发》一书

可谓异曲同工歪打正着。罗振宇这段话，与当下婚姻竟然吻合，爱情不变，婚姻在变，因为时代在变。现代社会的婚姻有点悖论，一方面难恋爱、婚姻难，另一方面儿戏婚姻、一拍两散。

传统总能一以贯之，当下，节奏快、压力大、社交圈子小，恋爱范围、时间精力都受影响；落户难，买房不易，婚育成本很高昂。

婚恋艰难如此，理应视之如至宝，且行且珍惜。孰料却是善变的天气，来去都匆匆。

5 月 20 日这天，浪漫激情爱翻天，扎堆领证，满满的仪式感。助力给爱，温度满怀，结婚登记处即便双休也不休息。珍爱珍视爱情抱持，面子里子和社会风尚加持，兼有一定的物力财力坚撑，人生大事自不将就，喜庆排场和那份热闹很讲究。

只是恋情不是生活的铠甲，难御岁月斑驳和纷杂。

讲效率求舒展的孩子，和他们父辈相比，真没那么多云遮雾罩和弯弯绕。爱就爱了，不爱就是不爱，太多顾虑想法和牵扯，累不累！幸福爱情“快速增长”是本愿，“快速死掉”别苟且，何需过多磨合调适和忍耐？与其凑合，不如散伙，“犹豫拖延”才叫糟心，离婚“反而不值得恐惧”。闪离快离早离，不就是这么来的吗？

婚姻心力不强不持久，能不一地鸡毛？

其一，婚外情殇。赌近盗，奸近杀，婚外情始终是婚姻第一杀手。荷尔蒙荡漾、性生活滥觞，求快感图新鲜，婚姻基台被击得粉碎。农村留守妇女情欲禁锢，被诱被迫或主动偷汉，引发情斗情仇情杀，一个沉重的社会话题。

其二，归因偏差。婚姻出问题，传统社会倾向内归因，思己过纠偏差修复弥补，否则良心难安，唯恐被指道德缺陷。现代社会宽容自由、个性解放，更趋向外归因。甚者指责型人格泛滥，对方之过也，问题在他（她）不在我，通常是发泄了情绪完结了关系。

其三，落差过大。现代婚姻，爱情第一、繁衍第二、经济第三。经济合作弱化，依赖减少，一人能撑自己的天。内涵要求却增加：情感愉悦性、个性适配性、成长共同性。夫唱妇随相互滋养，才能同频共振共成长。太大的沟壑落差不能有，一旦出现，得及时补差、基本对齐。说白了，“配得上、看得起”才能比翼连理。

何以多年后劳燕还是分飞？何以老房子失火，临了还要找小三、养情汉？正如《启发》书中提及：“在现代社会，表面上维持某种关系的人，如果成长速度、观念变化不同步，关系随时会解体，只不过有时候要过一段时间，用别的方式表现出来而已。”

其四，不受羁绊。婚姻已然高成本，始料未及的沉默成本岂愿再受？偏好“是”与“否”二选一，不善以中庸之道圆通解决。“社会时钟”不再是普设标准，不再是到那个点就得做那件事。单身主义、不婚不孕主义有所抬头。我过得蛮好，何必为另一陌生所负累，为另一家庭所承担，为孩子教育成长所烦忧？

至高至远明月，至亲至疏夫妻。

夫妻不属亲人，本质是合作共赢，双向选择的结果，存在共同的利益分配，能相濡以沫共生死，会形同路人最疏远，这是夫妻关系的真谛。

故婚姻的健康蓬勃，必是有益且公平，双方都有所获得滋养。包括经历、地位和欢笑，精神奖励、物质财富，关心、情爱、社会支持等，而不仅仅是付出。

所以，罗曼·罗兰说：“婚姻中每个人都要付出，同时也要收回点什么，这是供求规律。”

交流互动须开放、持续、相互支持。障碍冲突难免，及早面对化解是正解，以公平且有效方式。你的自我与对方更多相融，对婚姻承诺负责，而非期望伴侣读懂自己、做出牺性。

激情、亲密、承诺的爱，才是完整完美的爱。由恋情发展为爱情到最后成亲情，逐渐消失自我界限，才能收获婚姻美满。

过程中虽激情变少，但亲密和承诺愈发增强。

生活需要浪漫，但生活不是烂漫。

烟火气里的日常，是磕磕绊绊的经常，也应是相互滋养、相濡以沫的常常。

机器人伴侣

机器人伴侣

人类的伟大，在于不断通过技术发明、工具革新，劳动创造、矛盾推动，改造自然和社会、服务自身和未来，在更高层面推动矛盾运行，在更深层次强化矛盾突破，实现否定之否定。

假以时日，任何外在、程序性的东西都能无中生有成为现实，机器人伴侣的出现就是例证。伴随技术日臻成熟，其情感、生理特征或将不逊于人类。

但无论如何，技术产品打不破、赶不上、替代不了人的深层思想、内在情感、心灵力量，这是人之所以为人，处于生物、技术链顶端的根本原因。

之于人类，一些外在表征完全可被替代，但恒定不变、弥足珍贵的是我们内在品质、内化品相和内涵品味。技术进步、文明发展只会愈加华美凸显这些本原精髓，这是社会回归、人类进步的必然。

所以，多点社会性、少点动物性、提升品质增内涵，是人类演化进化的修行修为和价值走向，与财富、地位、权力、出身等非充要条件的外在外物无逻辑关系。

也是人类优于机器，不被异化，免遭伦理和秩序崩塌，实现自由全面发展，走向更高级的核心本质和澎湃动能。

心头的贼光，心底的宝光

古玩行里，有“贼光、宝光”一说。新瓷器贼亮贼亮的光泽，是一种浮光，谓之贼光。在很好的保存状态下，老器物的光泽洗尽铅华，褪去浮华归本真，称之宝光。

贼光，互斥互抢不知收敛，不含蓄细腻，不温柔隐藏；宝光，不夺人不夺境不减损，沉静自若，泰然谦卑。

贼光宝光，此消彼长。不服不甘不愿不能，幽暗怨艾，贼光生；向真向善向美向上，扬清抑浊，宝光起。

林清玄《贼光消失的时候》有此段文字：“经过了岁月的磨洗，知道了人外有人、天外有天，贼光才会收敛；等到贼光消失的时候，也正是宝光生起之时。”

物是这般。劣质器物，贼光凛冽，粗鄙刺目；经年好货，宝光含容，低调奢华。

人也如此。贼光环体，不知天高地厚；宝光内藏，自知天外有天。

随着文明的进步、秩序的井然，以及各色各型“暴发户”不能坐大乃至跌落淹没，知识创造财富、奋斗赢得幸福、文明涵养品行，成为社会逻辑、时代必然。因多智而多金、因多金而多识、因多识而多修、因多修而多品，因多智多金多识多修多品而上品。

有智无金，纵有品，难免孑然孤影、闲云野鹤、孤芳自赏，少了尘世那份实实在在、饱满丰存，少了入世那份意气风发、踌躇满志，不免令人吁叹感慨。

泯灭心头的贼光，燃亮心底的宝光。自修自度，多智多金多修多品，宝光明亮。

高考

理想、念想、畅想交织律动，一道磅礴社会风景。

高等教育早已是社会普设普惠。

除去985、211类重点、名牌大学，其他各类大学并无多少本质差异。大学只是人生中转站，而非终点站，一个驿站而已。

当下本科文凭并不高，硕博学历成常态，进入大学完全可以重整旗鼓考研考博再出发。

尽力就好，一瞬的荣光，绝非长行特立一世傍身“金刚钻”。

所以，不必太戚戚，不必太纠结，正常态、放松态、平常态为好。

端板凳给年轻人坐

年轻人其实很辛苦，奋斗的年龄容不得懈怠迟缓，还特别易纠结迷茫，陷入思想情感困顿。

成功都是拼搏出来的，勤奋+机会+付出，这个“付出”尤指大度，不能小气不可计较，包括物质、精力、体力、工作、情感等各方面。

还得敢担当，该挑的担要勇挑，该直面的矛盾要面对，打太极拳要不得。

能力不能差，虑事要周全，做事有章法，知晓方法路径，注重协调推进，积极掌控调适，树牢目标和结果导向。做工作有抓手有亮点，能出样板可看可复制。走上领导岗位，必须学会控制节奏，掌握平衡。

相对年轻人，年长者见惯了岁月沧桑，拼的状态、失意的状态都曾历经，如今已成水流态。以感恩的心态，一往无前好好工作，但可缓可急、可上可下，避开一切障碍，不争抢冲突。不挡别人的路，做好自己的事。无须再复杂，不用看人脸色，刻意巴结去搞人际关系。不会让事上心，雨过地皮湿，一会儿就能过去，人生从容坦然许多。

所以，对品行端正的年轻人尤需多一份包容放手支持和指点。赠人玫瑰手留余香，端板凳给年轻人，实际上是给自己坐。

热 汤

电影《热汤》反映了当下滚烫的时代，讲述了一群人用一腔滚烫的热血去打开幸福密码的故事。

也做“热汤”，心灵滋养。

人真的很脆弱，如宇宙中一粒尘埃。

困苦岁月，陪伴你的一切——人事物，包括习惯爱好，都是你生命的助力、渡你的桥船，不能丢弃掩埋，丢弃即背叛，爱自己就要惜缘。

虽然你的低姿态才是别人的喜欢态，但不卑不亢，不卑微讨好、不骄傲自大的中庸态才是最好的状态——爱自己的状态。你怎么爱自己，就是在教别人怎么爱你。别人怎么对你，都是你教的。

因为，人性及其行为都是试探性的。你自我定位、自我价值感过低，别人会以同等的标配看轻你。知道老实人怎么来的吗？多半是自己造成的，怨不得别人。

所以啊，做人做事姿态姿势要正确。一旦你成为别人眼里的一种“状态”、一种“标签”，别人对你就会形成思维定式。你还只能受着，不能抱怨。一旦怨了，就会说你没境界没胸怀没格局。

常人衡量的首先是人，其次是事，所以做人在先，做事在后。把人做好能满足欲望和利益，做事未必。

对自己要有标准，对别人少点期望，会很安然。人一辈子，把七八个人搞定了，你会好过得多。

很多抱怨和牢骚，其内容是对的，只是形式错了。

这世上很多没有思想、没有思考，或有思想有思考，但内心无冲突的人，他们按照世俗希望的样子说话行事，日子过得很好，尤其是在不需太多创新创造、听从指令的环境，其中的道理便是如此。

成熟就是，内心的价值观、道德感与社会规则互不冲突；见怪不怪，宏观辩证看待事物、把握全貌；绝不说假话，有分寸、较得体地讲真话；不仅仅是黑白思维，还有灰度思维。

成熟厚重淡定了，自然会趋向朴素简约，这本身就是一种从容。

道行不够，充满饥饿感。在乎、巴结、急切，也会假想，难免庸人自扰、格局不大，少了一份超脱和洒脱。本就平凡，何来繁华？本不繁华，何来热闹？都是常人，平凡不平庸就行，能追求宽度厚度已然很高尚。至于高度，得看造化。

因果皆是缘，别那么太着急太较真。定力就是去火气、娇气、怨气和斗气。勤、谨、和、缓，做人做事做官都是如此。

圆通做事，韧劲做事，是成事的两件法宝。

做事多想一层、重理脉络、修正方向，做事多盯一刻、韧劲持续、少点顾虑，绝对会是另一番景象。正如曾国藩的

"结硬寨、打呆仗"这一理论。

会做，还得会说，更要会写。写得出锦绣和隽永，写得成飘逸和磅礴，才能更好地凝练认识、总结工作、催生经验、传播思想。

晚上不睡觉，是失眠，还是不想早睡？清醒的心，难以哄睡。

失眠，只是内心问题的替代品，心病的体现，情绪的警告。人生说穿了三件事：吃好、睡好、拉好，此三件解决了才能说其他。一辈子重在旅途和沿途的风景，无须强烈的目的地意识。处事业顶峰拼命工作，落事业低谷赋闲生息，是系统的平衡，不该陀螺般转个不停。无可奈何时，平和适应，积极寄托。假以时日，任何苦痛都能笑着说出来。

细品过往，多少"千钧一发"时刻，某些神奇力量佑你化险为夷。

一些人因小挫折而轻生，多少人异常困苦不自绝。仅仅是个人秉性特质、意志情感、学识认知差异？心力至关重要，好运也不可或缺。

好运是一种才能。意外发现有价值的东西，是自修自度的天赋恩典。我们是自己的"摆渡人"，所谓自助者天助。

人人都有机会与恩典不期而遇，只因认知不足未把握、心智不够未把紧。心灵的力量，发乎意识之外，联通潜意识，承接"意外恩典"，是心智成熟的"桥"和"船"。浅层面助人勇毅前行，安然渡过难关，不致产生严重的心理问题；深层次开悟建树、伟力超越，驶向心灵彼岸。

当人归于平淡，或者趋于落寞孤寂时，爱好是你自暖抚慰的港湾、安然平复的寄托。

爱好，心底的念想、骨子里的喜欢、欲罢不能的期盼，最后示人以行动。如经年累月的读写笔记、歌舞书画、忘我工作、科研沉浸，风雨无阻地跑步健身、公益专注等，长期主义、辛苦执着是其特点。

爱好就是吃苦，就是自律，就是高能耗投入，并内化为精神，享受而痴迷，如石痴画痴舞痴等。衣带渐宽终不悔，为伊消得人憔悴。

秉持自己的信念而活，就能产生自制力，并且内心平和。也就有了自己的道理、坚持和特质，活出了自我，有了成就和光芒。回望自己，多年的坚守和付出，打通任督二脉般，这方面的能力水平大幅提升。

一个时代的思想总是相通的，不受地域的影响，都有它们异曲同工的联通相融之处。

依托核心概念，不断生发，派生观点和理论；不断修正，拓展内涵和外延，在实证中膨大，在逻辑中生长，渐成体系，横空出世伟大的思想。冥心思考，是一切思想的关键。

非凡与平庸的主要差别，不在于是否拥有强健的体魄，而在于思想和精神，在于心智。

人活一世，是思想和躯体的交融存在。思想和躯体都要在路上奔跑。健身和修心是一体两面的必需，都是一份修行，尤其是在困厄孤苦无助、眺望前方不知何日是尽头的黯淡期。

从这个意义上看，健身的过程也是练心的过程。

和孩子成为好朋友

教育是头等大事。民主平等、交心交融、帮助指引，是和孩子交往的关键词。教育的成功，便是和孩子成为好朋友。

给女儿的一封信。

我和在外地工作的女儿通话，整整用了一个小时的时间。人生思想哲理、工作生活家庭，不拘泥某个点，无侧重哪个面，信马由缰，随性而谈，很骄傲！孩子很小的时候，父女俩便此般欢畅，随意谈心，不隐悲喜，不藏冷暖。我的父母严厉，我想成为女儿的暖流。

那年，我给读初中的女儿写了一封信——

……你是爸妈的开心果，生活因宝贝疙瘩而绚丽，虽有恼怒、愤懑和烦心，但却尽享亲情天伦乐。所以，喜欢和你嬉闹、逗你笑，惹你心烦气躁，享受你的揶揄和小幽默。

家庭民主、气氛融洽，有助于活跃孩子的思维、锻炼孩子的口才，培养孩子乐于交往、外向的个性以及健康的心智。这一点，你是幸运的。从幼儿园到现在，你一直是在爸妈的鼓励声中、在自身的孜孜努力中健康成长的。

你阳光爽朗、充满激情、感情细腻、心地善良，有思想、口才好、善于协调、为人正直、敢于担当。这些都是你的优点，是你宝贵的人生禀赋，是你成长成就的丰厚基石。

你姐姐这次去南京上大学，你不舍背后流泪，触动了我内心柔软的一面。以前，我可能把你当男孩子看了，以男孩子必须有的刚韧、坚强、不畏困苦的标准要求你，或许爸爸错了，你毕竟是女孩。

……一等人忠臣孝子，两件事读书耕田，读书上品亘古不变。社会很现实有规律，不吃读书的苦便受生活的苦。

步入社会前的所有行径都是静默攒实力，入场券决定了你的价值含量、社会起点、人生走向、诗和远方。不具备立足发展的重要技能、核心竞争力，即便你家境优渥，也注定只能在人生低层面盘桓。

“为了明天体面的生活”，是你们学校的校训之一，在我们成年人看来，虽俗却很深刻确切。

历史是一个拍卖行。历史将你推上舞台，你不拍也得拍，不卖也要卖。背着书包去上学，学习成效好与坏都是过一天，行为成本是一样的。

……治学要严谨。知识点要一个一个消化掉，不能眉毛胡子一把抓，浮在表面。总是要问自己，我懂了吗？真懂了吗？要把80摄氏度的温开水彻底烧开。

结果要在意。你已是大孩子了，考得不好不能自我安慰，不太在乎。要分析原因，找到解决方案。好的心态应是这样的：用心尽力后，虽失败，但不难过。前提是“用心尽力后”。

潜能要挖掘。人是有潜能的，深挖珍用，别浪费。好的思维习惯、心理习惯和行为习惯必须养成，内化为品质你也就优秀了。无论是现在学习、以后工作，还是一世做人，好的品质伴随影响一生……

谁都是奔着受表扬得赞赏而来。

欣赏教育，是教育的永恒主题。受鼓舞而斗志满怀，在期许的目光中成为理想的模样；遭不屑而自暴自弃，在正反两端边缘滑向反面，不是个例。

新学期，一男孩得到“最具期待小明星”奖，他哭着领奖：“我能变得更好！”受尊重得赞美被认可，人性使然，情感需要。小小的鼓励之于孩子会影响一生，开设诸如“最具期待小明星”这些荣誉表彰、鼓励期许，为孩子添动能加掌声、给期待设美好，是欣赏教育的最好注脚和绝佳落点。

成人世界同样适用。良言一句三冬暖，高情商为人处世让人如沐春风。员工管理要有力度更要有温度，一个注重人文关怀和组织文化的单位，其背后必定有一个修己安人受拥戴的好领导。个人的成长离不开平台，没有平台纵有万能也是枉然，这是欣赏的力量、历练的激发、内因外因交互作用的结果。

人生在世，谁都是奔着受表扬得赞赏而来，不是为了被批评被否定。所以，学会欣赏。

孩子对你，是敬是亲，还是内心深层的爱？

不辅导作业是亲人，膝下承欢；一辅导作业拉仇恨，怒火迷眼。

二律背反，值得深思的心理底蕴。孩子需要的爱、认可的爱，才是正确的爱，而非一些父母所认为的爱。

把“行为”和“人”分开。我们爱孩子是因为所做的事，能否功名成就？还是纯粹因为这个人，其一切气息乃至缺陷？孩子能否深切感受到，我们爱他（她），无须条件，无所期许，无关其他？

克服绝对化概括、糟糕至极推论。对孩子的推论判论和定论，岂能以偏概全、主观主义、悲观言情？岂能由一而十、由表及里、由小到大、由此及彼？

错误的认知、消极的演绎，在孩子心里暗示涌流、内化叠加，吞食孩子的自信自尊、自我价值和自我认同。流水无情落花有意，无情便是杀手。

有的父母不分析孩子的特长，不研究孩子的弱项。今天报这个班，明天陪那个练，风里来雨里去辛苦接送，未顾及孩子的感受意愿和承受能力。虽非本愿，为社会所裹挟而效仿。到头来未感动孩子，却感动了自己。

在这些父母的心里底层，爱的不是孩子，是共有的群体责任，是为孩子做事的行为。变成孩子需要的样子，才是爱的理性模样、清欢状态。

深情源于本真。你爱孩子有多真，你的孩子爱你就有多深。

给什么样的身份，就会成为什么样的人。

人世走一遭，不外乎三个问题：我是谁？做什么？如何做？不同的理解，不同的道路，不同的人生。

心理学“理解层次模型”认为——

人的思维分别停留在“环境、行为、能力、信念、身份、系统”六个不断递进抬升的层次，上三层决定了下三层。

环境：遇事怨天尤人，“都是环境造成的”；解决问题方式：换环境。

行为：遇事会从自身角度找原因，不再一味指责外部环境；解决问题方式：再努力一些。

能力：遇事不怨环境和自己，努力找到破解办法，但未看到问题本质；解决问题方式：提升自己。

信念：遇事不惧艰险，依靠信念达成目标；解决问题方式：依靠信念。

身份：遇事思考“我是谁”，调动自我价值，克服困难实现目标；解决问题方式：调动心力。

系统：遇事思考生命的价值，“影响世界”。解决问题方式：利他思维。

上至寰宇人物，下至凡夫俗子概莫能外，均可用“六层次”理解分析裁量和判定。不同的层次决定了不同的风景，看到的听到的路过的经历的错过的。

与其改变孩子的行为习惯，不如赋予信念身份，赋予一个强大的“系统”，自然就会有力量。战胜胆怯慵懒、狭隘颓废，“六层次”是世界观也是方法论。

第七章

恋之离殇，爱之濡沫

恋之离殇，爱之濡沫

“十年生死两茫茫，不思量，自难忘。”苏轼的《江城子》凄美苍凉。

爱情原力亘古不变，不分人种国度。

2021年3月，日本六十四岁老人潜水多年寻妻遗体引发热议。每周潜水，十年海底寻妻，“想带她回家。”梁祝般美好，伟大的爱情亲情。海底何以寻迹，何处觅尸，老人岂不自知？虚幻找人，实在找心啊！内心的伤、永远的痛，对妻子的爱！余生苟且存活的一份寄托，原罪般自我救赎！

从社会心理层面，戳动泪点的，除去这份情感本身，我想更多的是人们对现实婚姻的冷峻审视，对伟大爱情的浓浓期盼。当浮躁的婚姻脆弱飘零，快餐式、闪电式残落一地泪痕时，这份凄美长空流星绚烂划过，虽不耀眼却遐思绵绵。

滚滚红尘，繁花迷眼，爱情何以成神话，有人不再相信爱情。

其实，爱情没变，爱情没错，只是你的感受在变，认知错了！

不识情网面纱，错把恋情当爱情

恋情不等于爱情。心理学关于“坠入情网”的剖析颠覆认知——

坠入情网未必是爱，一种主观欲望而已。源于意识和潜意识的冲动，因内在性需求与外在刺激发生作用所产生的心理及生理反应。

坠入情网唯一作用是消除寂寞。时间不会太久，无论爱的对象是谁。

坠入情网，意味着自我界限的某一部分蓦然崩塌，你俩的自我合二为一。情感决堤，意向产生：伟大的爱情来了！只是岁月是把杀猪刀，日子侵蚀、生活羁绊、琐事纠葛、相互摩擦，双方逐渐感知、互相惊讶：原来我们并未相融，彼此相去甚远……双方的界限慢慢地渐次归位，还原为起先的个体。

懵懂是一种幸福，痛苦始于清醒。于是，有的情侣走着散了，走着丢了，劳燕分飞。

印度一学者访问了印度西北部某城市五十对夫妻。发现由恋情结合的夫妻婚后五年，彼此爱的情感不断减少。相反，因父母之命而结合的夫妻，情感水平起先不高，但他们的感情会慢慢增加，五年后大大超过了因恋情而结合的夫妻。

激情和浪漫会随着时间而冷却，共同的理想、兴趣、价值观以及宽容、习惯等因素之于感情，其重要性会与日俱增。

初恋美好，错当永恒。

不知真爱源头，错把非爱当真爱

何谓爱？爱的本质是一种意愿，为了促进自己和他人心智成熟，而不断拓展自我界限，实现自我完善的一种意愿。

爱，不是依赖、不是压力、不是感觉，是独立、是滋养、是关注、是行动。爱和非爱最显著的区别：当事人意识和潜意识中的目标是否一致？如果不一致，不是真爱。

真正的爱，是自我界限的扩展。

长期倾心，占据心灵，感觉灵魂无限延伸，奔向心仪对象；渴望给对方滋养，希望对方成长，乃至把生命交给对方。此种状态，谓之精神贯注。

入此境界，自我界限开始延伸，延伸至一定的度，自我界限就会淡化。随着爱的进展，自我和关注对象的区别越来越模糊，最终融为一体。经此历程，由恋情而爱情而亲情，由量变而质变。

消失自我界限，才能收获美满婚姻，所谓因爱情而奔涌、以亲情而濡沫。所以，情侣只有在脱离情网后才能真正相爱。

生活中、情感中、婚配中，自私者自我一定凸显。即便是他（她）所认为的爱，也是自私的爱、伪善的爱、压迫的爱。

爱的谎言和伪装，最是伤情。

不辨婚姻本色，错把生活当烂漫

一对小两口，三天两头吵，在街坊邻里吵出了名气，吵出了声威，吵出了呼天抢地和满腔愤恨。按理说早该离了，可人家就是离不了。

人家不但三天两头吵，还三天两头爱。激情娇喘满屋，恼得隔壁邻居捶墙抗议。

婚姻的本质是交换，虽然话说得难听。搭伙过日子，说的就是这个理。

心理学认为，婚姻的动机是爱情、经济和繁衍。现代社会婚姻动机排序：爱情第一，繁衍第二，经济第三。

钱、性、情，婚姻的基石。有谁见过凌空飘悬、无所依托的婚姻？婚姻不着情不着调，长不了。

有些夫妻，只剩下生意场的合作，但他们仍婚姻稳固，因为经济相撑互相倚重。每年高考结束，总有很多夫妻分道扬镳。为了孩子戴面具假扮夫妻，无情无性很多年，终于舒心呼大气。心理咨询室内，从头吵到尾的夫妻未必会分手，钱、性、情至少占一或有二。相反，倒是那些一言不发的主，多半会出问题，婚姻三要素与他们已不沾边。

少年夫妻老来伴。岁月沧桑，心相合、情相融，虽无性却濡沫，爱情早已内化为亲情，桑榆情深。

男人婚姻出现问题，在于婚后只想着往上攀登，对“大本营”缺少经营。女人婚姻出问题，在于婚后觉得万事大吉，以为人生价值就此实现。

之于男人，挣钱、雄性、能用情，是实力也是心力。所以，男人要自强、自尊、自信、自爱。增长才干、做事挣钱善养家，那是颜面的标签、家人的港湾、精气神的砝码。强身健体勤养生，登高少喘，转身不缓，王者归来英雄气，男人该有的底色本色。关爱配偶、经营婚姻，交心交融、用心用情，能影响会带动，相敬如宾不如相濡以沫。

之于女人，经济独立是基础，不被轻视是关键，平等对话才能相濡以沫。有自己的事业，有内涵和地位，日臻成长成熟。

对于女人，经营家庭是责任也是权利，是能力也是投入。不劳而获无贡献，便无家庭话语权；丢了阵地，也就丢了卡位、丢了地位、丢了方位。

作为妻子，配偶管理是艺术。管在点上，管在要处，科学合理不管之管。恰如放飞风筝，不能拽之过紧、放之过松，过紧则断、过松则患。不松不紧、若松若紧，是境界也是功力。

潜意识，飞扬也张狂

援引三个事例——

一男孩七岁那年，村里一三岁男童池塘溺水而亡，三年后一六岁女童又亡于水。他感觉异样：三年一个，男女交替，按此情形三年后该是九岁男童。其弟六岁，三年后九岁，下一个该不会是他弟弟？怪念头不断闪现，弥漫纠缠，男孩痛苦不堪，却不敢告知父母。后实在憋不住，说与其姐听，遭呵斥，自此未敢吱声。缄默，人间伤悲始！

三年后生产队旁一池塘，邻家九岁男童果真溺水，被救起。是年夏天，骄阳似火烤焦了生活。其姐带领九岁弟弟及一女伴往该农场割草，男孩力阻其弟前往，怎奈微弱之力难以回天！农场女人收拾晒场上的黄豆装袋，唤帮忙。土质晒场，烈日尘扬，男孩成汗水泥人。妇人让他去那池塘清洗。他独自去了，不会游泳，其姐竟未随同……

只是此后恶律不再，“交替”魔咒被斩断。

男孩心里一直长着草……

我曾梦遇叔本华。老叔循循善诱，启发我思考：孤独和庸俗两个概念在横向纵向上如何逻辑推演。我俩哲理相融互动，思论贯通言欢，层层剥茧，丝丝入扣，鞭辟入里。梦醒，顿觉醍醐灌顶，如饮甘醴，思想通透。只是梦中观点未及时记下以致遗忘，甚是可惜。

1941 年某夜，丘吉尔视察完防空阵地欲离开。助手打开车门，丘却走向另一侧门。恰逢德军空袭，炸弹在车旁爆炸，车险被掀翻。若从助手那侧上车，丘或许丧命。事后丘妻问：何故改向另一边坐？丘答：上车时脑子里似有声音叫停，故绕向另一侧。

很多梦是恩典。奇异的恩典，何等甘甜；很多预感是心殇。人间伤恸预知始，未果是喜乐，毁灭是悲剧。

人类除嗅觉、听觉、视觉、触觉、味觉“五觉”之外，还有一种“心觉”或“超感官知觉”的感应。

这种感应由潜意识控制，几乎人人都有，并被实验证实，是经验、意识留存、残存记忆的综合，出现在清醒状态或梦里，因不被意识察觉而神秘。

未认知、无法认知的心理活动，便是潜意识。

可将意识喻为冰山，浮出水面是意识，水下的是潜意识。潜意识，一片神秘的海。

一些不经意的梦境、杂念和心灵感应，某些奇怪的话语，很多异于平常的举动，虽原因各异，却是受压抑的意识自然流露。或喜或悲、无论正反、是否被认可，它都客观存在，尽管当事人不想示人不愿被知晓。

潜意识，涵盖人类理性无法企及的内容，经由学习可为意识所用。个体的进化程度、成就非凡，与潜意识运用能力成正比。

故心理学家荣格说，潜意识操控人生。当潜意识被呈现，命运就会被改写。所谓命运，其机理运行罢了。

捕捉潜意识，需把握好 6 个关键要素：挥之不去的念头、无意识的第一反应、梦境、直觉、身体感应、触动心灵的点。进而迸发心力，精进前行，避凶化吉，规避心殇情憾内心的痛。

——强化暗示。停止负面思考，拒绝负面暗示；正心加强，正念重复，心有所想，天必回响。

——用好心力。遵从内心的激越激荡，善待每刻起身动念，相融对话不拒不欺，那是感性的光辉。

——保持平衡。世间万物皆守恒，矛盾对立须统一。意识和潜意识动态平衡、和谐共生、相得益彰，才能永葆个体的喜乐安康。潜意识过盛，身心憔悴不得安宁；潜意识枯寂，则泯灭灵性光芒。存乎中形于外，身外的相、内心的底，心内身外需对称对等。

人性的秘密、人生的顺达，不仅根植于意识，更多隐于潜意识，潜意识才是根和本。可伪装能伪善，但装得了意识，装不了潜意识。

很喜欢并躬身实践这样一段话：走出自己的心世界，不忧不惧观察自我、审视人生，便是有能力并有益这个世界。你未必能成大功、立大业，但一定能善巧地发挥潜能，利于自己、利于他人、利于社会。

心之所耐，欲也

我是急性子，农人家底，属星光赶路、挣扎攀登、鱼跃龙门型。父母是农民，一把种子撒在田里，急等着收成以图生计，穷根急性便有了印刻遗传。懵懂入社会，心有不甘，一路跌撞一路赶。无奈舟小底薄，过尽画舫妖娆，长风溪岸未逍遥。也因性急，心力不够、认知不足、底蕴不厚，注定行稳不致远。

所以，本文乃自嘲自话、自省自愈之说，没资格站到制高点上丈量他人的耐心定力、心气章法，更无那个身量前往他人成就线上评说其他。

烦心和恼怒、不幸和痛苦，不怨不怒不躁不骂娘，谓之耐心。一言以蔽之，延迟满足能力。

远古狩猎采集，速度为要，无速度难斩获，必须急而且急吼吼。物质匮乏时期，果腹之忧常形常态，生存焦虑急不可耐。工业文明、信息洪流引燃小宇宙，对财富的渴望追求、创新创造丰盈了物质，也物化了部分人心，有的心为物役畸形异化，迷失走错方向。当颜面不在、尊严不存，何来耐心？

只要物质未达足够丰盈，按需分配还未充分实现，竞争形态、争抢状态、钻营丑态等便会绵延存在，急便在情理之中。

事物瞬息万变，动态消长，稍纵即逝；更因认知不够、本领不足，对外界难以笃定掌控。主客观两方面的不确定性，由此衍生的担忧恐惧加剧了无奈和性急。这是生存本能和防御机制。

赌博心理、投机心态、捷径心思多见于急切改变者。可进不可退，能赢不能输，心理无弹性便是执念。一如人的身体，丰腴者弹性，瘦削人骨感。不管基础条件和可能要素，但凭一股豪情冲劲便冲杀上场，还自勉以励志：不拼一把，啥都没有！

云淡风轻、闲庭信步以成功成就成熟为基础，未成未名者鲜说“不慌不慌”。看不到、成不了、等不及，岂能淡定耐心？

没有耐心，是骨子里的自卑。

故心之所耐，是欲，物欲、心欲、情欲……是恐惧，不确定的恐惧、得之复失的恐惧、无能为力的恐惧……

奔涌向前大踏步，锚定目标不放松。孩童起跑线的争流，成人职场官场生意场的争锋，乃至闲人怕寂寞、远孤独、呼朋引伴的群体嗨乐。云天繁花路，风流东逝水，生活由不得你我。趟平才有资格躺平。躺平，短暂的放松，今晚好生歇息，明晨的万道霞光还得迎接。在路上，永远的积极姿态。

凡事有度，过了度，即是耗。精神内耗、太多的责任感，引发神经官能症；问题回避、太多的责任推卸，引发人格失调症。

缺乏耐心，人之天性。即时满足，人性最原始最本能的基因。

沉迷玩乐、痴心游戏、难以读书、懒于做事、懈怠运动，以及各种理由自我安慰、责任推脱、许诺承诺、期待明天，等等。此般行色，皆为“即时满足”的边缘游走和天性眷念。

抵消天性，非同常人，耐人之所不能耐，延迟人之所不能延迟，便是精英。没有精神，何来英豪！

对耐心的理解，往往基于传统、停留在表层，对其误解一直持续。

人生马拉松是持久力和综合素能的考量，非爆发力短途力的比拼。耐心，并非是外在的压抑，也并非是纯粹承受痛苦、忍受无聊、无脑死磕、硬扛死扛，而是内心的修行、长远的眼光，长期主义的智慧光芒。

有一种思维叫复利思维，有一种成功称作“两权相害取其中”。

巴菲特说，人生像滚雪球，要找到足够湿的雪、足够长的坡。找准方向、持续积累，是复利思维核心要点。相信时间的力量，不求即时回报，今天进步于昨天。前期增长异常缓慢，抵达拐点增长飞速。

“二八定律”恰如孤舟行大海，过程的80%茫茫飘零凄苦幽暗，有多少人能惨淡坚守，在20%余程处拥抱彼岸绚烂？守得住初心，才会等到转角的光明。阶层会固化，代际可接续能突变，相信心的力量、时间的力量。急什么！

传统文化有中庸之说。

因懒惰和恐惧，停留在“舒适区”是习惯常理、常心常态。也无风雨也无晴，一眼望穿的日子，迷糊犯困消心志。一些剑走偏锋者贸然涉足“困难区”，因心智不够、能力不足、恐惧交互，停滞困顿跌倒颓败是必然。

这世间，认知不觉醒、思维不改变、规则不参透、主客观条件不成熟，你饱含热情的努力，不过是一场自我感动而已，不改变本质实质和方向。宇宙有法则、万物有规律，善恶有定数、因果有报应，不随那个势，不到那个点，不开那个悟，没那点德行造化，心门难启、心莲难开。

正确的打开方式是：行走在舒适区边缘，渐次向困难区进发，进可攻退可守，自我觉察、自我精进、自我超越。不一样的世界有不一样的精彩。

故所耐之心，是自我修行修养和秉性、性格品格和格局，是成长的力量、成功的关键、成熟的馨香，成就成功之美、过程之美、心力之美。

何以耐心?

自律为要。不图暂时的安逸，面对问题感受痛苦，进而解决问题享受快乐。儿时家穷，难得吃肉，肉搁碗底最后吃，最大的满足最大的乐。一天工作伊始，先理棘手之事，之后所见所做皆轻松。对事理把握越清晰，之后问题处理越顺手。在彼此冲突的需要、目标和责任间维持平衡，事可长久立。

赋予意义。前文提及心理学“理解层次模型”理论：人的思维停留在“环境、行为、能力、信念、身份、系统”六个层次。遇事涉难，与其改变行为和习惯，不如转换视角，赋予其信念、身份、系统及其行动的意义。科学家废寝忘食孜孜探索，晨跑者经年累月风雨奔跑，他们成功成就、乐在其中、满满舒坦。夏虫不语于冰，纬度不一样，视角当然不一样。

4S 心法，即简化（simplify）、细分（small）、缩短（short）、放慢（slow）。简化心念、细分目标、压缩任务、放缓节奏，符合自己的能力，适合意志专注力，可期可待可践行，可急可缓可操控，积小胜为大胜，不断体验成功愉悦感。复利思维，行走在舒适区边缘蕴含此思想。

一坛醇厚老酒慢慢地倒、悠悠地淌，酒香四溢，不用吆喝，那是人生的从容，耐心芬芳。

心静思远行千里。

责备的尽头是宽恕

人性中，善恶在两边，天使魔鬼亦共存，生本能死本能相纠结。

责备责难指责，是恶，是魔鬼，是死本能。

为责备者分类画像——

因错误认知而责备。因认知不全、知之不真、察之不深或无知，不了解全貌真相和本质内涵，便妄加归因定性，随意归责定论，进而迁怒责备，属无知无意无心之过。

因心理防御而责备。弗洛伊德关于“否认、转移、投射、合理化……”的心理防御理论，揭示了部分责备者的心理诱因：对自身的不满，对自己能量不足能力不够，缺乏掌控、无力把控的遗憾、否认、投射和转移。通过责备，将难堪的现状合理化、该担的责任规避化、应受的压力轻淡化，获取心理的平衡、暂时的安慰、焦虑的释放。

因人格失调而责备。下意识习惯性、过多过度推卸责任，便是人格失调者。责备的真相和底色，是在逃避本应承担的责任、理应承受的痛苦。需警惕的是，责备与愤怒、仇恨一样，久之会成习惯、给人快感——泄愤使人痛快，责备让人舒服，仇恨令人过瘾，甚至为之迷恋，无法自拔。

因完美主义而责备。完美主义充盈着尽善尽美的冲动欲求，严于律己，更严以待人。不完美的现状、不合心意的反差，是对他（她）心头美好期盼、曼妙勾画的撕毁和粉碎。一旦成真，发泄不满、归因定性、追求责任的潜意识轰然闪现，不仅不满意眼前的事，更不满意做事的人。

因先天印刻而责备。责备的源头，是原生态家庭的沿袭接续。人之初生，只有无知，愚蠢乃后天习得。父母的苛责是教习所，子女小心翼翼、力求完美便在情理之中。既往，物质匮乏的穷思维、输不起失不得的穷心理，加剧了对既有的珍视、对结果的看重，未果便被苛责、便会自责。如今，对孩子不能输在起跑线上的教育心理和现状，对大龄儿女催婚催嫁的喋喋不休和幽幽恐惧等，难为的是焦虑的父母、输不起的孩子，是当下一种责备新形态。

寰宇世界，能量流动一刻不歇，永恒永远，情绪流动同样如此，包括责备。

责备，人之天性，基因本能，是个体原生态老底的沉积、心理防御的转移，也是社会心理的投射。

只要利益有亏盈、责任有界定、人格有缺失、心理有落差、强弱有高差、责备少成本（沉没成本），存在其中的一种，责备游戏便会上演；存在多种，责备游戏便会加码。当浮躁飘忽、压力满贯，幸福感、获得感和安全感褪色，内外挤压交互作用尤甚强烈。

责备的流向，类似压强的作用机理，高踩低、大欺小、老压新、上苛下、富歧贫等，虽非全部如此，虽非完全刻意，虽有个体差异，但它们总是活生生地客观存在，有些化为规则，有的成了现象。

爱意洋溢，满心满眼爱怜，可有指责？

爱缺失，自我界限便凸显，你是你，我是我，鸿沟横亘。即便有爱，也是伪善非真爱。

缺少敬畏，模糊边界，把别人当自己，何来礼仪秩序和温良恭俭让？自我中心、大哥大或大姐大行径出现，指责型人格便会肆意呈现。

每个人内心都驻有一个潜在的“责备者”，仅是强弱、外显程度不同，无须避讳和自责。我们要做的是：对自己的认可接纳、承受和自新，对恶的辨识斗争、改造和铲除。

回望、趋心，人生的最高境界。

自我反省，自我觉察，与自己和解，与原生态家庭不好方面影响的切割；接纳自己的不完美不能够，接受“十之八九”之不如意。承受该受的痛，担当该担的责，面对问题不逃避，提升素能以解决。以敬畏心保持人际边界，正确做事、坦然临事、合理解事。以慈悲心热爱生命不张扬，不事张扬自不责备。

心理有弹性，宽恕是必然。

宽恕的确切含义是：责备游戏到此结束。我们不可能真正忘掉任何事，充其量是跟它达成协议，把它保持在一个可以记住，又不觉得痛苦的临界点。

之所以要宽恕，也是为自己，为了自己的健康。

人性的本质根植于人类的基因中。面对人性之恶，要做的是认识它、利用它、斗争它、改造它，铲其土壤，灭其温床，建设清明秩序、清朗生态。

感恩思维，而非批判思维，以求幸福；

向前思维，而非向后思维，以求宽广；

辩证思维，而非片面思维，以求通透。

责备的尽头是宽恕。

学会宽恕。

你不孱弱，岂怕鬼乎

六十多岁的老谢羞于启齿，怕鬼心理至今仍是他厚积的心尘。

亲朋故人家中有人逝去，他极不情愿，碍于道义情面，硬着头皮前往吊唁。一入那场景，内心深处对“鬼”的心悸遐想以及诸般不适，便被勾连出来。回避是他的上策，尽可能不去，去了少看少逗留，及早尽快离开，尤其是回避坟场火葬场等场所。

平心而论，以老谢的认知阅历和学识，他未必真信这些。他也明白，怕鬼魂之说仅是一种心理恐惧，他很明了那份恐惧的由来。

老谢在孩提时，典型的穷苦年代。夏夜无空调可吹，无电视可看，无娱乐可享。穷开心的父辈三五成群簇拥在场院，边纳凉边讲鬼故事，这是他们经年不变的自娱项目、津津乐道的休闲话题。

他们口若悬河，绘声绘色，情节加细节；轮番上场，互相补充，比赛般肆意发挥。驱走白天劳作的疲乏，退却生活枯淡的乏味，很是惬意，只是苦了旁边的孩子。

童心天真，信以为真。当时的场景，老谢至今记忆犹新：浑身战栗，越听越怕；越怕越无力动弹，再困也不敢回屋先睡。恐惧印刻心头，日复强化，怕黑怕鬼怕死人怕走夜路，黑暗中不敢闭眼。

村上有老人去世，他瞪大双眼，夜不敢寐，惊恐钻进被窝，以求安全抱持。若是夏天，即便被捂得浑身是汗，也不敢探出脑袋，仅露鼻孔在外呼吸，一段时间后才得以慢慢淡忘消解。

漆黑的夜，几点亮光昏黄，几声狗吠狂躁。父母唤他去两百米开外的外婆家取点东西，他不敢不去。鼓足勇气，半闭双眼，一路狂奔前往。途经一漆黑的巷子，他赴死般奔跑过去，再赴死般奔跑回来。

迷信，顾名思义，不解不知，便成迷；着迷迷恋，会更信。

科技不发达，人们无法正确认知自然、感知外物和自身，产生很大的不确定性，只能简单臆想信奉其存在，进而演化为社会观念、公众心理，迷之信之，久之产生了迷信。

鬼意识鬼思想，迷信的一种。这里所说的鬼，并非社会意义上的魑魅魍魉。古人认为：鬼，归也，人死后的灵魂；人死为鬼，回到原来的地方。之后把鬼看作人的异化，是邪恶恐怖的东西。

从人类生存角度看，古人生产力医学水平低下，物质营养匮乏，抗御自然能力弱小，寿命短暂不永。从视觉心理角度看，古时夜晚黑灯瞎火，幽暗的角落、不确定的内容，易生联想引发恐惧。从生命眷恋角度看，死亡的伤害最具震撼性，人们生活在胆怯的、否认死亡的文化中，畏惧死亡，不愿谈论任何与死亡沾边的事。

强烈的不安全感、对死亡恐惧感的驱使，人们对身后的延续就有了观念上、心理上的预期，不死的灵魂、鬼思想就有了土壤。

在物资匮乏的年代，物资的穷、科技的弱、精神的乏，三者相辅相成、互为因果、彼此强化。穷根穷性，有其“后及力”“后及效应”，带来很多观念思想、心理情感和行为方式上的问题，怕鬼心理就是其中之一。

恐惧被压抑，沉积在孩子潜意识里。孩子害怕的，其实是被伤害。对于被伤害的恐惧，投射到鬼这个意象上，形成对鬼的惧怕：鬼形象恐怖，代表死亡，人们眷念生命，生本能抵触死亡，对死亡产生焦虑；想象中的鬼，会伤人害人杀人……

今天的孩子和年轻人，他们脑海深处，断不可能还有迷信残存和鬼观念。即便有，也是鬼片鬼戏等不当认知误传误导所致。

心理学认为，我们所有害怕的东西，都是内心深层恐惧在外物的投射。难以察觉的深层恐惧，不被呈现就会一直重复，“揭示”至关重要。

老谢五十多年的恐惧债，除去胆小脆弱、心念不强、心力不足等个性特质，不敢面对、选择逃避是主要诱因。

如何揭示？

勇敢面对不逃避，看到它理解它直视它，知其然知其所以然知其所必然，这是云开见日的第一步。

第二步辅之心理手段疗愈，此处不予赘述。

还需正确面对死亡。生命的本质就是不断改变、成长、衰退和死亡的过程。选择了生命与成长，也就选择了死亡。

《心经》说：心无挂碍，无有恐怖。

人心有所亏缺，颠倒妄想便起，恐惧因此而生。

恐惧，内心孱弱的表现。行走天地间，人之为人，需秉承天人合一“致中和”理念，贯通意识和潜意识，淬炼心志、强化心力、壮大心能，勃发正能量。那是我们安身立命、致力前行的阳刚伟岸和华彩。

天下大势，此消彼长，由内而外是定律。面对各种灾害灾难，物防、技防、设施防、外力防固然重要，我们的己防、心防是首要，最为关键。

强者无敌，无内敌，也无外敌。

你若阳光，何来黑暗？

你不孱弱，岂怕鬼乎？

心系一处是专注

年轻时读贾平凹文章，有八个字印象深刻：守口如瓶，心系一处。

守口如瓶，是对内心和灵魂的忠守，为人做事该有的高洁操守。本性善良，家风传承以及道德教化的积淀，自认为做得不差。

心系一处，却因认知不足未予审视、思想懒惰未加更改，专注不够。不仅单位时间内难以全神专注，单件事或者说半辈子也是专注不持续、用力不持久，内心摇摆漂泊。

列举一二：闲暇偶翻书，心猿意马，思绪遨游；居家办公，东磨西蹭，拉呱闲话；睡觉时划拉手机，刷牙时盘算工作，开车时接打电话，与人聊天浮想其他……效率不高，指向不强。即便打牌消遣，牌局进展、牌路特点，资源哪些未见、险情哪些未现，心中无数，脑中没谱，常被对家嫌弃，碍于情面人家不好说你。

很是羡慕亲戚家俩小孩看电视那份痴迷专注，很是享受晨跑后摒弃杂念闭目放松后的神清目爽。原来专注如此愉悦美好！

有一个专业词：掉举，指内心妄念太多，做A想着B，做C想着D，吃饭时不能全身心感受咀嚼和美味，运动时不能全力感受动作和肌肉，工作时不能全程沉浸创新和创造、品咂成功成就。

特别是倾听，学会、善于、耐心倾听者有几何？一些人说话谈事听汇报，心不在焉，敷衍应付，顾左右而言他，三下五除二打发，典型的打岔型人格。

信息洪流、碎片满贯，手机片刻不能分离，那该死的温柔欢欣。健身房一些曼妙女子从头至尾碎步轻踩，手机为伴。餐桌上多少孩子手机佐饭，自我陶醉，忘了礼仪。还有马桶上、走路时、交谈中、培训间、开会期，乃至恋人相伴，不一而足，“手机客”“键盘侠”多了去，其中有你吗？

比尔·盖茨与巴菲特初次会面，盖的父亲各给他俩一卡片，要求写一个词描述成功原因，两人答案同一：专注。

专注力可丈量人生，其高低预示成就大小。

网络段子刻画惟肖：“故天将降大任于斯人也，必先卸其QQ，删其微信，封其抖音，收其电脑，夺其手机——使其百无聊赖，然后发愿静坐思过读书明智……”

时间漏洞，沉湎其中，伤了青春伤了腰。

即便达·芬奇这样的天才，常在画作稍有进展时，也会在速写本上涂鸦，回过神来再行创作，因而创作总被拖延，《蒙娜丽莎的微笑》耗时十六年才问世。当然，拖延只是其耗时过长的原因之一。

缺乏耐心、避难求易、感官享受是人之天性。排斥高能耗身心投入，以低能耗娱乐享受是原始本能。

盘桓在舒适区，做低能耗的事，重复简单的事，侍弄已掌握的事，是大多数人的习惯。无须过多心智体能、耐心耐力投入，无须潜能心力、创新创造力输出，真正的困难视而不见，舒坦躺平。

能耗高低的选择并长期践行，决定了人生的层次，是优秀与否的分水岭。

分心的本质是逃避。当下太无聊，追求更有意思的事；当下太痛苦，追求更舒适的事。

专注的障碍是诱惑。专注是痛苦的，需要克服懒惰、克制欲望去改变。只是逃避成本太小，我们甘愿待在舒适区。更因自傲本性，不屑改变，加剧了逃避本能。

以理性驯化本能，是你我的“缰绳”。但仅靠自律和意志，专注难以持久，专注力难以架构。逼自己就范，只会引发衰竭、自责和内耗。顺势应势、刻意训练是正途，正如庖丁解牛。

学会划界。做 A 时专注 A，做 B 时专注 B，AB 间界限必须很清晰。

学会感受。物我同一，感受和行动相融。跑步时专心体悟每一次抬腿摆臂、呼吸吐纳，每一缕扑面清风；吃饭时专心体悟每一口饭菜的品相香甜，咀嚼轻咽，缓缓入喉……孩子吃饭时精神贯注，醉心美食，闭眼感受，那是对生活的热爱。

学会聚焦。心弱者定力不足易分心，能力强者则相反。主动选择信息而非被动接受，屏蔽其他。

学会沉浸。深度沉浸，决定了人生的高度。沉浸的四个步骤：目标清晰——极度投入——有效反馈——在舒适区边缘（舒适区、困难区的中间地带）。

行者问老和尚："得道前做什么？"答："砍柴，担水，做饭。"

又问："得道后呢？"仍答："砍柴，担水，做饭。"

再问："何谓得道？"再答："得道前，砍柴时惦记着担水，担水时惦记着做饭。得道后，砍柴即砍柴，担水即担水，做饭即做饭。"

趋利、趋名、趋心，人生三重境界。

人生下半场是对上半场的回望检视、觉察觉醒、完善弥补。

开启下半场的精致。

好在任何时候都不晚。自勉。

第八章 精神的舒展

精神的舒展（上）

这是一个宏大的题材。

宏大的题材宏大地想、奔放地写，信马由缰不拘形式，放飞思绪舒展文字。如此，也是舒展。

精神的舒展，当然包括文字的舒展。

《富春山居图》的魅力

元代黄公望的《富春山居图》，天人合一的诗性灵动，灵魂燃烧的悲慷乖张，幻化笔墨生命，引发世人数百年的痴狂。

喜欢整天坐在荒山乱石树丛中；喜欢海边看浪，风雨湿透，浑然不知不在意；喜欢每天买酒喝酒，仰卧湖边看青山，高高摞起的酒瓶成其标签；喜欢月夜乘船，船后系绳，绳上挂酒瓶，置水中拖着走，酒瓶丢了还要拊掌大笑。

心至苦，事至盛也。

之于黄公，超然仙然不管世事，洗净心尘仅剩山水，望穿山水洞察本真，物我本真已然相忘。画纸只是载体，笔墨只是工具。心力勃发、灵性喷涌，意象投射、自在自为。

心在天国的醉态、嗜美如命的狂态、神来之笔的仙态，涤荡尘世，升华山水，那是精神的磅礴和高峰，《富春山居图》华彩问世。

远离财富，远离地位，远离人群，远离瞩目，远离安逸；独立自我，私语生命，启发宏愿，激活才情，振发心创。传世扛鼎之作，无不是灵魂的恢宏激荡、心力的天地遨游、精神的舒展自立。

优渥往往是阻碍，远离绝对是福祉。物质和心力，未必正相关，两者不能很好地契合整合和耦合，必将导致二律背反。

古时宫廷画师、御用文人，六经注我，我注六经。按其道，行其是，追随迎合，为名利所裹挟，为爵禄所折腾。哪有什么耐心定力寂然凝虑、思接千载、精骛八极、心游万仞、突破传统、空旷开创，独自建树自在自为的心灵秘境，悉心建造精神文化的感性长廊？

他们只是艺术、文创的工具，政治属性高于艺术属性，社会属性大于心灵属性。因温敛而失品，因包裹而失质。“家”和“匠”可造就，“大师”却鲜有造化。

何故？精神不舒展、心力不蕴含，没有了精神格局、青春气息、天地诗性，何来张力、魅力和魔力？

无半亩心忧天下，读破万卷神交古。倘若生命的基调成喧闹，只有颂碑，难铸里程碑。

心存大道、躬身创造，飨人间烟火、守文化人格。把准二者的契合点，让生命和思想舒展云涌、风致浩大、气场满贯，是知识分子的君子之道。

《归去来兮辞》的清亮

东晋田园诗人陶渊明，最后一次出仕为彭泽县令，八十多天便弃职离去。

上级前来检查工作，有人告知，当“束带见之”，以示尊重。陶不愿为五斗米折腰，解印辞官。《归去来兮辞》为此而作。

竹篱黄花，归隐田园，“安然自立型文化人格”由此开创。此后的中国文化，便有了“世外桃源”的胸臆、境界和样板。

文中写道：“既自以心为形役，奚惆怅而独悲？悟已往之不谏，知来者之可追……舟遥遥以轻飏，风飘飘而吹衣。”意思是，心灵被躯体役使，逢迎阿谀太委屈，何苦悲愁失意？过去的错误无法挽回，未发生的事尚可补救……船儿轻轻漂荡，轻快前行；风儿轻轻飞舞，吹起衣袂。

精神彼岸，隐逸归结，何等的洒脱轻松？于当下一些或很多人看来，是否迂腐书生气？

前段时间，看到一篇《当官前后》短文，说一个人原本快活潇洒、衣食无忧、生活着落、个性傲骨，偏偏眼热心动想当官，终于心想事成，有了一顶乌纱……当官后反倒心虚气短，腰板变弯……阅历增加，血性变少，腰越来越弯……孙悟空原来天不怕地不怕，给他个弼马温，猴子尾巴立马夹紧。

故事说笑，说笑故事，其叙事论理未必正确站得住脚。

双眼看外界过多、看心灵太少，外求过多、内省不足，是难以理解陶公之胸襟的。

只是甲之蜜糖，乙之砒霜。你所谓的迂腐书生气，正是人家的敞亮鲜亮。纬度不一、境界不同、社会性和动物性差异，勿妄语武断。癞蛤蟆虽丑，不如青蛙靓丽，却是稳稳觅食、妥妥填肚，富态而安详。青蛙呢，上蹿下跳，整天蹦跶，日夜鼓噪，也没见多肥美向好，瘦猴样还轻佻。

胸有城郭气飞扬，没那点造化，蹦跶没用的！

人间至味是清欢。人生兜转，到头来会发现，真正的高贵是灵魂的高贵。

“只要心灵是自由的，心情是愉悦的，精神是舒展的，那么，生活便是最好的……会当凌绝顶，一览众山小。站在这样的高度，才会以居高临下的目光打量眼下这个熙来攘往的大千世界。贩夫走卒，闻达显要，都将殊途同归走向人生的共同终点：回归大自然。”

说得真好！

《庄子》之人生三境界

人生天地之间，若白驹之过隙，忽然而已。

先秦诸子文章之典范《庄子》，其关于人生的奇幻哲思，汪洋恣肆，千古喟叹。关于人生三重境界的诗意绝唱，意出尘外，直抵天理——人生境界第一重“不知”，第二重“知道”，第三重“知足”。

孩提懵懂无知，对外在的认知“自我中心”，外在的一切等同于我，外物即我，我即外物，内心清澈，简单快乐，此初始阶段。

逐渐年长，开启第二阶段，以为“知”，以为“是”，甚或自大自傲、自高自骄。岁月更迭，人事流逝，糊涂郁结难免，清者渐醒自谦，明了自己的渺小。以社会化的规范、准则和姿态融入社会，为熙攘人生稻粱谋、培厚着色、证明价值。

挺起脊梁的担当、屋檐下的低头、中庸行事的正直是交融并存的。

四十不惑，五十知天命。看尽繁花历经沧桑，进入人生第三阶段，靠近灵魂，追逐内心自由富足。

就像武侠小说所描绘，少年剑侠初出道，宝剑锋利，萧萧剑气。等及武艺精进，名动江湖，手中兵器却是未开刃之钝剑。

人是环境的产物。比照环境，进行得失界定、等次衡定、价值判定，形成总体评价、自我估量，所谓幸福与否、成功与否、对错与否、憾恨与否，等等。

天道地道人道的逻辑必然，理想现实的路径使然，心性人格的差异应然，乃至佛学之谓的缘起因果。一切的一切，都需定性定量理性分析，明了自己是什么、能什么、成什么、为什么，建立一个自循环系统，内心有淡定的力量应对外物。

一切的一切，恰如王阳明所说“心外无物”。

所谓精神舒展，是敬畏天地、遵守法度、尊重公序良俗后的人格独立、灵魂舒展，不为外物喧哗起波澜，不为悠悠之口心不宁，无堰塞之苦，无囤积之痛。

此心光明，亦复何言。

人生之悲催：心牢、心锁，由内而外地蜷曲。

精神的舒展（下）

人格地牢

《越过内心那座山》，美国心理学家伊迪丝·埃格尔所著。

书中关于“十二个普遍心理问题的自我疗愈”，十二个问题便是十二个不同的“牢笼”：受害者心态型、逃避型、自我忽视型、秘密型、内疚和羞耻型、未解决的悲伤型、僵化思维型、怨恨型、恐惧型、评判型、绝望型、不宽恕型。

观览自照，自问有多少？

人生本苦。该有不该有的痛，该受不该受的苦，该遇不该遇的人……一切的一切都留下印痕，在心里沉积，渐次化为“人格地牢”。无论走得多高多远，这些痕迹都会或多或少保留。

人生幸福，首要最本质的要素就是人格，修葺人格地牢。无奈后悔的，求而不得、得而复失的，触碰不得、平生之痛的，不应是压抑重负、苛求苛责，而应是接纳和解、怜悯慰平，自我假释自我救赎爱自己。

至于那些暂时侥幸的逃脱、污垢藏匿的罪恶、肆意嚣张的逆行，但凡孽障者有半点罪恶感存在，心魔必将终生自我绞杀。寰宇浩荡，天网恢恢，苍天可曾饶过谁？

生命是复杂的。生命的复杂并不因其深奥，而在于矛盾：生与死、自由与服从、依赖与独立、自尊与奴性、快乐与痛苦的矛盾……

矛盾不会从生活中消失，只会消失在生活里。

消弭了矛盾，物之矛盾、心之矛盾、物与心之矛盾，精神也将随之舒展。

精神之舒展，是物化后的净化、入世后的出世，是平地辗转后的登高、一览众山小后的旷达、无欲则刚后的高洁。

不依赖名利权力物质，不依赖群居和媒介，是心念特立、自我觉察、妥善身外之物后的自由放松和幸福。

与物质多寡、物化程度关联不大，与入世深浅、世俗纬度更非正相关。

以入世身怀出世心。没有自尊人格的修行、灵魂飘香的达成，精神是难以舒展的。即便有，也只是短暂的舒心。

若是心头无闲事，便是人间好时节。

古老的拉丁谚语给出建议：获得自由的关键，是不断成为真正的自己。

精神的舒展，同此一源。

孤独庸俗

从生物学角度，享乐是人的本能。古希腊哲学家伊壁鸠鲁也认为，快乐是生活的目的，是上天的最大善意。

本能驱使我们走低能耗路线，贪图娱乐，惯于享受。高能耗需要心力、需要自律、需要孤独、需要灵魂的自在自为。凡能耗高的事情，都被潜意识判为对生存的威胁。

只是人若失去灵魂，就像破碎纸片逐风飘荡，迷失方向不知归途。爱因斯坦为此提醒，人是爱玩耍的动物，不知不觉跌入欲望的陷阱！

要么孤独，要么庸俗。叔本华对此经典语录迭出——

“一个人对与人交往的爱好程度，与他智力的平庸、思想的贫乏成正比。要么选择独处，要么选择庸俗，除此以外无别的选择……凡夫俗子只关心如何打发时间，而略具才华的人却考虑如何利用时间……人的合群性和他知识的贫乏以及俗气成正比……”

此论怎解？此论怎判？作为现实的个体，我们皈依何方？

个人拙见——

从辩证关系看，庸俗是群体的孤独，个体因害怕孤独趋向庸俗；孤独是个体的狂欢，个体因不堪庸俗走向孤独。两者统一于“现实”，没有脱离现实的庸俗，更无现实之外的孤独。

从皈依方向看，人是一切社会关系的总和。人不可能脱离社会关系“要么孤独，要么庸俗”，并由此分割两者的关联，纯粹两者的边界。

精神的舒展是精神的自由。不仅于感官，不止于心理，不等同愉悦，是完整的精神、由内到外的舒展。仅有世俗层面的欢欣逗留，或精神层面的踽踽独行，是不会也不可能引发的。

正确态度和做法或许该是：立足现实，融入庸俗；超然庸俗，抱持孤独。套用并改写叔本华的话：人生实如钟摆，需在孤独与庸俗之间合理地摆动。

如此，才能做完整的社会人，才能很好地脱离低级趣味，有益于身心，有益于灵魂，有益于社会。如此，才是下文所说的“中庸行事”。

还是叔本华说的，社会就像一团熊熊烈火，明智者保持适当距离取暖，不会像傻瓜那样离火太近，灼伤自己后，逃到寒冷的孤独中，一边瑟瑟发抖，一边抱怨火舌炽热。

人生之幸运，莫过于在孤独的旅途中遇见灵魂，与之结伴同行。从这个层面上，我个人更欣赏孤独者的芬芳——

孤独者居山巅仰望星空，深嗅梅香，你所谓的“清冷”，恰是别人的“高洁”。不必如庸俗者喧嚣地庸俗，一味谋同道寻同圈，呼朋引友找伙伴，为稻粱谋，为喝彩求，为自己的孤独找暖炉。

中庸行事

中庸，我国古代至高的行为准则，哲学意义上最合适的“度”，是天理天命天道的“天人合一”。

中庸的理想状态：天地万物各安其位，一切处于和谐之中。

中庸与辩证唯物主义异曲同工，是把握规律、认识世界、改造世界的思维杠杆、实践利器。

精神的舒展，联结天地、贯通内心，必须以中庸为逻辑起点，始于中庸，依靠中庸，归于中庸。

如何中庸行事？一句话，找到位置“安其位”。

万物的发展层次、发展状态分布都呈橄榄型。既是基本形态，也是归结方向，并驾齐驱、平行世界是不太可能的。

两头小中间大，顶端拔尖的、末尾落后的是少数，正常中间态的是常型，占大多数。

无论资源禀赋、智力资力、权势地位、物质财富、能力水平、学历高低、成就大小、生理心理、素质水准、君子流氓、美丑外貌；无论物质的、精神的，自然的、社会的，天体的、宇宙的，概莫能外。

之于人，生理性、社会性正常相融、相对和谐的占大多数；生理性大于社会性，或社会性大于生理性的是少数。生理性和社会性畸轻畸重都会成为问题。

生理性过重，动物性过强，将会物欲过重、享乐享受、不思进取、争强斗狠。社会性过重，则会一切都被赋予意义，人被物役，人性淡化，“既要又要”，以成功、价值标准衡定事物，孩子在拼命，大人在奔命，生命难以承载其重，负载负累负心态，浮躁浮华戾怨气。

大道至简，凡事别搞复杂了。

吃好喝好拉好，人生基本三要义，这是生理的。

素心过生活，讲究心理和生命的弹性，无愧于心、无愧于己、无愧于社会，爱己及人，就是生命悠悠、天地间了不起的过客，这是社会的。

在“橄榄型”中找准自己的位置，该干什么、能干什么、干成什么，也就不迷茫纠结了。一切精神压力，都是物质压力（包括生理压力）、外在压力的投射和侵蚀。心理上的所有问题，都是不能正确认知、正直思考、中庸行事，瞎想乱想错想妄想，思维混乱所致。

世间没有真正的黑暗，也没有绝对的善恶冷暖、清浊薄凉，只有现实需要、价值考量和内心度量。

这种需要，是境由心生，还是心生此境？抑或心境交互，进而变了心、异了境？

用本心行善境，创造意境，构建美境。历经万般红尘，却如凉风轻拂面。这是心之柔软，清澈了过往。

当岁月的灯火都睡了，咸也好，淡也罢，你清澈安然，生命自然走向大美，舒展了精神。

引用余秋雨先生《中国文化课》中的一段文字作结尾，满纸豪情：

> 精神的舒展，是一种明亮而不刺眼的光辉，一种圆润而不腻耳的音响，一种不再需要对别人察言观色的从容，一种终于停止向周围申诉求告的大气，一种不理会哄闹的微笑，一种洗刷了偏激的淡漠，一种无须声张的厚实，一种并不陡峭的高度……勃郁的豪情发过了酵，尖利的山风收住了劲，湍急的细流汇成了湖。

愿力，冈仁波齐

再看电影《冈仁波齐》，心绪仍是凝重，敬意满怀。

神山冈仁波齐的本命年。

十一个藏民沿着318国道、一千两百公里磕长头，心无旁骛去朝圣。

欢喜佛的状态。随之欢喜，更多的是于心不忍。

最简单的食物。白天磕头，晚上念经。孩子出生，老人去世。发生车祸，打工挣钱，一路执着！无论泥泞积水、沙石冰雪，俯身向前不偷懒。讲究磕头的姿势和注意事项，错了还要退回重做。

一次次叩拜持诵磕长头，一次次心口意结合近尘土。

之于他们，朝圣就是无限接近佛祖，无限接近内心，获得安宁和坚强，不敢不会也不愿奢求其他。

之于他们，来世和今生同等重要，现世的修行是来世的积累。

世俗求神拜佛，祈求的心态、索要的状态，怎能理解信仰的力量！

“能够激发灵魂的高贵与伟大的，只有虔诚的信仰。”英国作家塞缪尔·斯迈尔斯说。

因信仰而精神，因精神更信仰。电影冷峻静默朴素的长镜头，诠释了这点——信仰、信念，信心、决心，虔诚、意志，跪拜、放下。

人生，何尝不是朝圣之旅？

你执着的，无影无踪；你期盼的，转眼成空。个体之于世界，一份修行罢了：自度度人，自觉觉他，觉醒圆满。

漫漫朝圣路，消解心头多少郁结欲念，归宿内心多少祥和安宁！

每个人心里都驻着“两只狼”，一只是饿狼，代表着畏惧、虚伪和谎言；另一只是善狼，代表着勇敢、诚实和爱。他们相互更替、激烈战斗，赢的永远是“你喂过的那只”！

喂养善狼，驱逐恶狼，生活是一条修炼灵魂的山谷。

前半生追寻自我，后半生靠近灵魂。自我需要拥有，拥有得越多越好；灵魂需要放弃，放弃得越多越自由。

何为灵魂？一种神秘的、引领我们的、独一无二的、可成长的人类精神，谓之灵魂。

对于人类自身和身外的世界，中国先哲几千年的求索探究，个人以为，无外乎“道、心、物”三者。说白了就是：规律（命运）、内心（意识）和物质（存在）。

我们唯一能掌控的，恐怕只有自己的内心：修心平定待世界。

唯一能做的，就是通过学习，包括日省吾身，让内心变成“空瓶”来容纳灵魂，竭尽全力成为最好的自己。

因为，你想什么你就是什么，你是你思考的结果；你存在于你思考最多的地方，不存在于你很少思考的地方。

所以，他们的“冈仁波齐”，也是我们的“冈仁波齐”。

妥放心灵，内心清净；

靠近灵魂，生活安好。

西藏纪行（上）

题记——

雪峰圣湖，白云朵朵；草甸牦牛，溪流淙淙；玛尼堆，转经筒，磕长头；五彩的经幡，红衣的僧人；布达拉宫庄严的红墙，酥油灯摇曳的经堂；离天最近的地方，离香巴拉最近的地方。

这就是西藏，物质的西藏，精神的西藏。

我总是在想，情有独钟何以是西藏？

因其雄阔壮美、鬼斧神工，近天独特的自然景致？还是神圣高洁、苍茫深邃、宁静孤独的心灵西藏？抑或两者天人合一的匠心糅合？

红尘滚滚，心路漫漫，人生本苦。找一方净土，觅一份静邃，于空灵地，洗涤尘埃，释放心欲，回归本我。

于是，西藏成为首选。面对西藏，莫名地感动……

终于成行！

2015年8月，我们一家三口乘飞机辗转抵达林芝。

林芝，地级市，辖八个县。山峰座座，白云遮绕，条件素简，气压较低，这是第一印象。

导游加措，二十多岁的西藏小伙，目光清澈，柔和沉默。因汉语一般，所以说得较少，让我们有事多问他。

第一站，南伊沟景区，喜马拉雅山脉一沟谷。

南伊，藏语意“仙境”，称之“地球上较高的绿色仙境”“藏地药王谷”。距米林县城5公里，是我国人口较少的少数民族——珞巴族最大聚居地。

森林公园、森林湿地、南伊曲水，还有放养的藏香猪和马。

林深茂密，绿野湿漉。古木各异，新苔层叠。淙淙溪流响千古，原始厚重刻年轮。另一种苍翠阳刚“小江南”。

有点高原反应，心窝处稍稍气短，但影响不大，动作舒缓即可。

午饭后往雅鲁藏布江大峡谷。较神秘色彩地带，深度宽度列世界峡谷之首。三个多小时车程，一路颠簸，很多地方一百八十度急转弯，会车较难。

旅游车配乘民警，名叫扎西的小伙，阳光圆脸，汉人模样，爱笑爱唱歌。女儿戏称他“唱歌、换票、摘果果”。

开车师傅不言语，不急不躁默默开车。路途遥远不易，他说习惯了，不觉得累。

妻子高反，加上晕车，呕吐，女儿情况很好。导游加措告知，不宜大口喝水，小口喝，且要多喝，多吃水果。还不能洗澡，会感冒的，严重的得输液。

途中见一棵大桑树，一千六百多年树龄，据说是松赞干布、文成公主亲手所植。还有一巨石“情比石坚”，一分为二，夹缝中生长桃树一株，花开鲜艳，爱情吉祥物。

南迦巴瓦峰，海拔七千七百八十二米。藏语中有多种解释“雷电如火燃烧”“直刺天空长矛”“天上掉下之石”。传说众神时常降临，聚会煨桑，山顶有神宫和通天之路。被尊为“西藏众山之父”，位列最美十大名山之首。巨大的三角形峰体终年积雪，云雾缭绕，难窥真容，又称“羞女峰”。

一个凄美的传说。与南迦巴瓦峰隔江遥望的，是其弟加拉白垒。上天派兄弟俩镇守东南。哥妒弟能，杀之，弃头颅于米林，化为加拉白垒峰。上天责罚，令南迦巴瓦永驻雅鲁藏布江做伴。愧而云雾遮裹，不轻易示人。

雅鲁藏布江，沿喜马拉雅北坡径自东流千余公里，在林芝、米林、墨脱、波密四县交界直转南下，环抱南迦巴瓦，成马蹄形大峡湾。

抵达大峡谷已近傍晚，天阴云暮。不一会儿，有幸睹芳容，秀美峰体羞涩半露。只是稍纵即逝，欲靠近时柔柔隐匿，仅剩半山腰带状薄雾轻笼停驻，酷似仙女面纱。

天书无字，谧境神圣。面对南迦巴瓦峰，何以心绪如此飘零、感慨喷涌？是昨日风尘淤堵神伤，还是此刻洁净濯洗躯壳？此般空灵透剔、双目清流。可是离灵魂最近的地方？心潮难抑，凝结文字——

正是南迦巴瓦。

驻雅鲁，耸天际，出高峡，羞女深闺。

待情缘，暮云开，却是冰晶雪玉长矛，刺苍穹。

向使当初不嫉妒，羡煞风流。

潜修孽，不争春，犹遮面。

千秋雍华千秋缘，一片幽情冷处浓，惊天姝。

当晚，上半夜好觉，凌晨早醒，应该是气压低、呼吸不畅所致。

和女儿相约，各写一篇关于西藏的文章。女儿说，“西”即西域，方位不是上佳；“藏”，此处虽读“zang”，也有“cang”之意，瑰宝雪藏。故文章名宜朴素就简，就叫《西藏》，一语双关。我俩思路不谋而合。

西藏的真谛，我想，是敬畏之心。你我芸芸众生，皆沧海一粟，理当道法自然，敬畏天地。

早饭后前往鲁朗林海。

途经 318 国道，最美国道，上海至拉萨，绵延五千多公里，近乎贴着北纬三十度线前行。纳木错、巴松错、南迦巴瓦、羊湖、日喀则、珠峰等世间瑰宝，惊艳众人。

连绵的风景绝佳，连绵的公路盘桓，名副其实的景观大道，也是自驾游、自行车骑行、徒步者偏好线路。色季拉山口，胜利的人儿高举自行车合影欢呼，勇毅挑战的身影令人感佩敬畏。

鲁朗林海，静卧色季拉森林公园。

雪山耸立，森林葱茏。风起雨骤，群山蜿蜒如黛。云雾润叠腾涌，衔远山，吞近岭，掩层林，水墨仙境毕现，游客沉浸不舍离去。“鲁朗”藏语意“龙王谷”，龙王爷居住之所，“叫人不想家”之誉名不虚传。

不远处，两鹰枝头落寞。忽升空，即时抓拍，幸而拍得。

风雨云海，雄鹰振翅，直插山谷幽暗，黑白度张力对比，落笔成文——

临西藏雄阔，鲁朗旷望。
雄风挂雨，千山云雾。
霭霏苍茫，层林掩。
惊鸢声里，立尽风流。
多情笑有梦，沧海一粟。
天际须归航，终回枝头栖。
断鸢声声长天暮。
话清凉，低处舐羽。

原路折回，途经尼洋河。

本想是麦田桃树守望的风景，可惜不是这个时节。

藏语称河为“曲”、湖为“错”。尼洋河之美，美在水色，藏语意“神女之泪”。长三百多公里，雅鲁藏布江北侧最大的支流。森林植被完好，水清沙少，工布地区“母亲河”，也是著名的黑颈鹤越冬区。

跟团旅游弊端：隔靴搔痒，浅尝辄止难深入。路边停车遥观惜别。

下午三点多才吃午饭。

林芝特色石锅鸡，药材熬制鸡汤，色淡黄，味醇厚周正。

晚餐加菜，烤藏香猪。原料虽好，烤功和佐料却不及，不够入味，遗憾！

翌日早起去巴松错，十多个小时车程。

这里的天气十里不同天，时晴时雨，景点多半下雨。林芝是西藏的“江南”，多雨多树，房屋藏式斜坡顶，拉萨则干燥很多，房屋平顶式。

一路浅睡小醒，车到巴松错。

巴松错又名错高湖，藏语意“绿色的水”。六千多亩湖面，海拔三千七百多米。虽处高峡深谷较闭塞，却是热门景点。

湖水浅青色，清澈见底，雪山白云其中倒映。湖心一小岛，名叫扎西岛，据说是座空心岛，岛与湖底不相连，漂浮水上。岛上人文历史厚重，格萨尔王战马蹄印、挥剑砍石剑痕、水葬台、叶面上天然的藏文字母、莲花生洗脸神泉……

当地人盛传，每年藏历四月十五这天，湖底中心线会长出一条长长的白色带子，说是献给格萨尔王的哈达。

一座小巧玲珑的寺庙。错宗工巴寺，距今一千五百多年。庙门旁一棵桃抱松，松树长在桃树中，奇特连理，惹人心柔怜爱。

天不放晴，雪山胜景、碧蓝天空不现。但景区出口处，货摊边一藏族男童，眼神绝了，雪山般光亮神奕，好生羡慕，虽然脸沾泥污。

返程到处可见散养的牦牛，健硕毛色亮。

米拉山口，雨后彩虹天际横贯，三座牦牛雕塑亲昵一家、霸气威武，倍感喜气亲切，疲乏消退大半。

晚餐在路边一藏族人家用餐。纯正牦牛肉丁汤，连喝两碗半仍不过瘾，那叫一个香。还有酥油茶，香浓咸厚，好吃！

西藏纪行（下）

夜幕深沉，莽山寂寂；车声隆隆，游客昏睡。

车至拉萨，模样突变。之前所见，皆为原始静谧、圣洁至美。拉萨则是都市繁华，晚十点仍车水马龙、灯火通明、店铺营业，两重世界两重天。

拉萨，藏语意“圣地、佛地”，“日光城”日照时间长。除了公安厅，老城区建筑高度均不超过布达拉宫。宗教文化神秘深厚，心灵愿力勃发浓烈，吸引无数背包客到此“净化心灵”。

在拉萨，高反明显，呼吸不畅，在林芝则不然。

一夜头疼，天未亮起床，外面走动反而气短，回房间静卧，吃泡腾片，头痛渐止，高反闹的。

上午往羊卓雍错。

距拉萨一百五十公里，快抵达时一路盘旋如行天路直至山顶，海拔四千多米。盘山公路两侧，耸立的山腰上牦牛很多。羊湖位于山南地区浪卡子县，湖水如羊脂碧绿湛蓝，藏语意“碧玉湖”“天鹅池”，喜马拉雅北麓最大的内陆湖——高原堰塞湖，与纳木错、玛旁雍错并称“三大圣湖”。

汉口较多，珊瑚枝一般，伴有空姆错、沉错、巴久错三个小湖。东西长一百三十公里，南北宽七十公里，最深处六十米，面积是西湖的七十倍。空中俯瞰犹如耳坠，嵌在山的耳郭上。

据说因帮助找到转世灵童，故称圣湖。虔诚的佛教徒每年都会绕湖一周，骑马需一个月左右，等于往拉萨朝圣一次。

湖西三座雪峰。宁金抗沙峰七千两百多米，西藏传统四大神山之一。世上最高抽水蓄能电站羊湖电站坐落于此。

晚餐自理。未曾想，方便面竟会如此好吃。

女儿买一披肩，扎起藏族女孩小辫，小模样越发俊俏。时间稍长，大家热络起来，纷纷加导游加措的微信，建群拉呱联络。

当晚午夜十二点醒来，写下一些工作思路。萦绕心头、苦思未解之结终于得解。

于我，西藏之行可概括为：遭了不少罪，看了不少景，拍了不少照，解了未解之谜，明了西藏真谛。

晨起参观布达拉宫。

世界屋脊圣殿，松赞干布为迎娶文成公主而建。这座建筑与佛教艺术相融的博物馆，坐落在玛布日山上。藏语意“赞姆林坚吉”，意为价值抵得上半个世界，列为世界文化遗产。

石木结构，基础埋入岩层，外墙厚二至六米。墙身花岗岩砌筑，高数十米，每隔一段灌注铁汁加固。

九百九十九个房间，占地十余万平方米。主楼十三层，由寝宫、佛殿、灵塔殿、僧舍等组成。有白宫、红宫之分。

白宫横贯两翼，因白色外墙得名。红宫位于中央，红色外墙，供奉佛像、松赞干布像、文成公主像等数千尊。黄金珍宝镶嵌其间，配以彩色壁画。

下午参观大昭寺。

朝圣者圣地，在藏传佛教中拥有至高无上地位。

一千三百多年历史，松赞干布建造，藏式宗教建筑典范，经元明清修扩才有此规模，很多部位纯金制造。主殿四层，坐东面西，两侧配殿，四周三百八十个转经筒。

寺内有座白塔。传说寺址本是一片湖，松赞干布湖边许诺，戒指所落之处将修建佛殿。戒指掉落湖中，湖面光芒，跃出白塔。

囊廓、八廓、林廓，由内到外三个环形，是藏民的转经路线。

八角街，拉萨有名的转经道和商业中心。黄房子“马吉阿米”，相传是仓央嘉措和情人幽会的地方。

街上长跪叩拜者随处可见，信仰的力量，令人心生敬畏和庄重。

加措邀请喝甜茶。光明港琼，陈旧简陋有点脏，黑压压坐满人。甜茶不错，七毛钱一杯，零钱置桌上，续茶师傅续茶、取钱、找零，不劳茶客动手。

高反厉害，晚上胃疼，很疼的那种，吃药后不见缓解。次日早起，之后缓解。

赶往最后一个景点纳木错。

沿青藏公路前行，来回五百公里，近十小时。途经堆龙德县、当雄县，还有羊八井温泉。拉萨市有七个县，当雄有个赛马场。气候干燥，少雨少树。鼻孔干干的，手捏会疼。沿途山多半光秃，之后看见草原，同样比较光秃，面积不大，严格说是草甸子，没有广阔风貌，多放养的牦牛和羊。

进入纳木错景区，能真实近距离感知雪山，就在车窗外。山并不高，一二百米左右。雪也不厚，薄薄松软，不是想象中的积冰类。运气不错，纳木错未下雨，这里有时会突然降雪。

纳木错，藏语意“天湖”。背靠念青唐古拉山，世上较高较美神湖，西藏三大圣湖之一，著名佛教圣地。近似长方形，东西长七十多公里，南北宽三十多公里，比羊湖小很多。

湖水静静的蓝，很静，很蓝。据说能卜吉凶，“命大”之人登上湖边山丘，说是可见湖中灵异景象。

当晚一夜好觉到天明，几天来很是难得。

第二天返程，天擦黑抵达南京。

久违的正常气压、正常呼吸。

游西藏需要体力，品西藏需要阅历，说西藏需要心力。

西藏，抽象为一种意象：原始空灵、静谧沧桑、神圣庄重，心灵的休憩地。

来西藏，放空心灵，禅思人生。

万物皆因果。

因果链上，你我皆因果。哲学意义上，“自在”和“自为”是感性、理性的分野。敬畏天地，道法自然，我们可以自在，又能有多少自为?

洗濯昨日的风尘，为了接下来更好的旅程。

这才是心的抵达！

引用《西藏的颂歌》作结语——

经幡飘了几千年，经轮摇了无数转，长头磕了几万里，心里许的什么愿……

神秘的西藏在天边，神圣的西藏在心间……

后 记

爱默生曾说过："我们在倾听天才的言论时，会想起自己依稀有过同样的思想，不过当时的我们缺乏表达的口才和勇气。"受其鼓舞，我开始尝试着表达。

第一次写书，妥妥的新手，《南山望》于我是苦心苦力的过程。为思维框架、逻辑体系、论断建构不足而焦虑，为江郎才尽、词不达意、难以自洽而忧烦，为定性定量界定、无米之炊接续而枯坐……但心力无穷敢刺苍穹，有了寂然凝虑前行的勇毅，便有了柳暗花明的激越享受，有了心的抵达、文皆可成的价值意义。

恰如初孕女子，孱弱怯怯、美美期望，母以子刚、明艳华光。诞生了孩子，也就诞生了人生的作品，无论此刻俊丑或是他日庸贤，父母的生命借此延展、精神因此赓续。"意义"若代代相传，生命便超越凡胎肉身有了大美和磅礴。

对任何作者来说，写作的过程都是一个对话精神、澄明心性、通透思想的过程。完成了书稿，心境敞亮许多，就像清理了河道淤塞、修葺了老宅破败、归置了家具凌乱；就像万米赛道终点的芬芳，疲惫万分却欣喜，暴汗如注但舒畅，一种从未有过的厚实自信、淡然从容和思维贯通。

思想和精神的力量照拂我们一生。我们需要停泊在光明的港湾，需要对智慧、思想和精神的崇拜，以及在这种崇拜的指点下将生活过得简单独立、豁然开朗和自省勃发。

一个人只有到了知天命之年，才能恰如其分地判断自己或他人的行为。

我对自己的第一次总结是在2013年，疾风骤雨式青涩单薄记录，难以虚掩当年斑驳心门。之后至今是十年日记的坚持坚守，记录明暗、圈点阴晴、累积悲喜，是功也是债，漫漫心路、曼曼的爱、蔓蔓的债。再次思量便是《南山望》了，自说自话的心路历程演绎难免小众狭隘，少了普适气度格局。权且看之，不当则弃。

于我，人生最幸运的事情莫过于在孤独的旅途中遇见灵魂。何为灵魂？一种神秘的、引领我们的、独一无二的、可成长的人类精神。高尚的欢愉！人生只是一场互动——与自己的互动，与外界的互动。人需要解决两大问题：身体的问题和心理的问题，其余都是填充物——世间除了生死，其他都是小事。所以，对于生活的意义需有一个大局观，而非沉溺在琐碎冗杂的日常小事中。

本书写作过程中，亲友高能友善，给我莫大的鼓舞："能静心笔耕，很不容易……书没白读，活明白了……有的人只是写自己的小心情，而你引入心理学，便有了代入感，不同的人不同的感受……很多事理都明白，只是不能很好地表达，现在你帮大家写出来了……"

书稿成雏形时，一些师友暖心鼓舞："文章千古事，得失寸心知，不容易啊……”人是需要被欣赏、受感动的，感谢大家！

尤其是我的同学，作品丰厚、才情满溢的作家徐云峰先生，百忙中主动挑灯熬夜为我认真校审书稿、暖心抱持为本书作序，传道授业鼓励领航。师道灼灼，万分感谢！

还得感谢我的妻子，承担了所有家务，不辞辛苦。

敝帚自珍，乐呵自己。

若是在广袤的空间和无限的时间中，能与您共享一段时光、一点思想、一种精神，是我莫大的荣幸。

黄友生　于江苏溧阳

2023年9月2日